리버티 바

SIMENON

Maigret

리버티 바

SIMENON
Maigret

조르주 심농 · 임호경 옮김
매그레 시리즈 17

이 책은 실로 꿰매어 제본하는 전통적인 사철 방식으로 만들어졌습니다.
사철 방식으로 제본된 책은 오랫동안 보관해도 손상되지 않습니다.

1

죽은 남자와 그의 두 여자

그것은 어느 여름휴가지에 온 것 같은 느낌으로 시작되었다. 매그레가 열차에서 내렸을 때 앙티브 역은 거의 절반이 눈부신 햇빛에 잠겨 있어, 거기서 분주히 움직이는 사람들은 어렴풋한 그림자들로만 보였다. 밀짚모자와 흰 바지 차림에 테니스 라켓을 든 그림자들이었다…….
공기는 열기로 진동했다. 역사 플랫폼을 따라 종려나무들이며 선인장들이 늘어서 있었고, 안전등 보관 창고 너머로는 바다 한 조각이 파랗게 빛났다.

갑자기 누군가가 헐레벌떡 뛰어왔다.

「매그레 반장님이시죠? 신문에서 사진으로 뵌 적이 있어서 금방 알아봤습니다. 전 부티그 형사입니다.」

부티그! 이름부터가 장난스러웠다.[1] 벌써 매그레의 여

---

1 부티그의 철자는 Boutigues이다. 〈상점〉이라는 의미의 〈부티크 *boutique*〉와 발음이나 철자 형태가 비슷하다.

행 가방들을 받아 든 부티그는 그를 지하 통로 쪽으로 인도했다. 그는 연회색 정장 차림에 옷깃에는 빨간 카네이션 한 송이를 꽂았고, 직물 목이 붙은 구두를 신었다.

「앙티브엔 처음이신가요?」

매그레는 손수건으로 땀을 훔치고는, 사람들 사이를 요리조리 빠져 모두를 추월하고 있는 안내자를 따라가려 애썼다. 마침내 그들 앞에 마차 한 대가 나타났다. 크림색 직물로 된 우장(雨裝)으로 덮였고, 둘레에는 달걀 형태의 조그만 장식 술들이 탈랑탈랑 춤을 추는 사륜마차였다.

또다시, 잊고 있던 느낌 하나가 되살아났다. 삐걱거리는 용수철, 마부의 채찍질, 누글누글해진 아스팔트 위를 투덕투덕 걷는 말발굽 소리…….

「우선 뭐라도 좀 마시자고요……. 그래야죠! 암, 그래야 하고말고요! 마부, 글라시에[2] 카페로 가자고!」

엎드리면 코 닿을 거리에 있단다. 형사는 위치를 설명했다.

「마세 광장…… 앙티브 중심가에 있는…….」

광장은 주위의 집집마다 크림색 혹은 주황색의 차일이 드리워진 아주 예쁜 장소였다. 한 카페테라스에 자리를 잡고 아니스주를 한 잔 마셔야 했다. 바로 맞은편에는 레

2 Glacier는 〈빙하〉라는 의미.

저복, 수영복, 해수욕 가운 등으로 가득한 쇼윈도…… 그리고 왼쪽에는 사진기를 파는 가게 하나……. 보도 변에는 멋진 자동차들이 줄지어 서 있고…….

한마디로 즐거운 바캉스 분위기였다!

「잡아 가둔 사람들을 먼저 보시겠습니까? 아님 범죄가 발생한 집부터 보시겠습니까?」

매그레는 마실 음료를 질문받은 사람처럼 별생각 없이 대답했다.

「범죄가 발생한 집.」

바캉스 분위기는 계속되었다. 매그레는 형사가 권한 시가를 피웠다. 말은 바닷가를 따라 또각또각 달렸다. 오른편에는 소나무들에 파묻힌 별장들. 왼편에는 몇 개의 해암(海巖), 그리고 새하얀 돛 두세 개가 떠 있는 파란 바닷물.

「여기 위치가 어떻게 되는지 아시겠습니까? 우리 뒤로는 앙티브 시고요…… 여기부터 카프 당티브[3]가 시작되는데, 이제부터는 별장들밖에 없습니다. 특히 부자들의 별장들뿐이죠.」

매그레는 마냥 행복한 얼굴로 고개를 주억거렸다. 머릿속으로 밀려들어 오는 이 찬란한 햇빛에 정신이 몽롱

3 Cap d'Antibes. 〈앙티브 곶〉이란 뜻이다.

해진 그는 눈을 꿈쩍꿈쩍하면서 부티그 형사의 그 새빨
간 꽃을 쳐다보았다.

「이름이 부티그라고 하셨죠?」

「네. 전 니스 출신입니다……. 아니, 〈니스 놈〉이라고
해야겠죠.」

다시 말해서 순수한 니스 사람, 뼛속 살 속까지 니스
사람이라는 뜻이었다.

「몸을 좀 기울여서 저쪽을 보세요! 하얀 별장이 보이
시죠? 바로 거기입니다.」

일부러 그러는 건 아니었다. 하지만 매그레는 눈에 보
이는 이 모든 것들이 별로 절실하게 느껴지지가 않았다.
좀처럼 진지한 수사의 분위기 속으로 들어가지지가 않았
고, 어떤 범죄가 일어났기에 자신이 이곳에 와 있는 거라
는 사실이 좀처럼 실감나지 않았다.

사실 그는 이곳에 내려오기 전, 매우 특별한 지시를 받
은 바 있었다.

「카프 당티브에서 브라운이라는 인물이 살해됐다네.
신문들이 꽤나 떠들어 대고 있지……. 요령 있게 처리하
라고! 시끄러운 이야기가 나오지 않게끔.」

「알겠습니다.」

「브라운은 전쟁 때 프랑스군 첩보부에 협조했다네!」

「무슨 뜻인지 알겠습니다!」

자, 이제 그곳에 도착한 것이다! 마차는 멈춰 섰다. 부티그는 호주머니에서 조그만 열쇠 하나를 꺼내어 철책문을 열고는, 자갈이 깔린 소로를 성큼성큼 걸어갔다.

「이 곳에서는 제일 처지는 별장 중 하나죠!」

하지만 그다지 나쁘지 않았다. 공기는 미모사 꽃들이 내뿜는 달콤한 냄새로 포화되었고, 키 작은 나무들에는 황금빛 오렌지가 아직 몇 개 매달려 있었다. 그리고 매그레로서는 이름도 알 수 없는 이상야릇한 꽃들까지 만발해 있었다.

「저 맞은편에 보이는 건 어느 인도 왕족의 소유지입니다. 그는 아마 지금 집에 있을 겁니다……. 왼쪽으로 5백 미터 떨어진 곳에는 한 학술원 회원의 별장이 있고요. 또 어느 영국 귀족과 같이 사는 유명 댄서도 있답니다.」

오, 그렇군! 어쨌든 매그레는 집 벽에 붙어 있는 저 벤치에 앉아 한 시간 정도 낮잠을 즐기고 싶었다. 사실 이곳까지 오기 위해 밤새도록 여행한 몸이 아니던가?

「중요한 점을 간추려 몇 가지 설명드리겠습니다.」

부티그는 문을 열고는, 한쪽 면이 바다 쪽으로 트인 서늘한 거실로 들어갔다.

「브라운이 여기 산 지는 10년쯤 됐고요…….」

「직업은 있소?」

「아무 일도 안 합니다. 아마 연금이 좀 있을 거예요…….

사람들은 항상 〈브라운과 그의 두 여자〉라고 말하죠.」

「두 여자?」

「사실은 그중 한 명만이 애인이죠. 둘은 모녀간인데 딸이 애인인 겁니다. 이름은 지나 마르티니라고…….」

「지금 감옥에 갇혀 있소?」

「네, 그녀의 어머니와 같이요. 이 셋이서 함께 살았습니다. 하녀도 없이 말이죠.」

지저분한 집 안 꼴을 보아하니 충분히 이해가 되었다. 이 가운데에도 뭔가 괜찮은 것들, 값나가는 가구들, 한때 찬란한 영광을 누렸던 물건들이 숨어 있는 것은 아닐까?

어쨌든 이 모든 것들은 더러웠고, 무질서하게 널려 있었다. 사방에 깔려 있는 양탄자들, 여기저기 걸려 있거나 안락의자들 위에 펼쳐진 장식 천들, 혹은 먼지를 뒤집어쓰고 있는 물건들…… 너무도 많은 잡동사니들이 실내를 꽉 채우고 있었다.

「자, 무슨 일이 있었는지 설명드리겠습니다……. 브라운은 이 별장 바로 옆에 차고를 하나 가지고 있습니다. 그가 직접 운전하는 고물 자동차를 넣어 두는 곳이죠. 주로 장을 보러 앙티브에 갈 때 사용하는 자동차였습니다.」

「음, 그렇군요…….」 성게를 잡으려고 끝이 갈라진 갈대로 맑은 웅덩이 바닥을 쑤시고 있는 한 어부를 멍하니 바라보면서 매그레가 한숨 쉬듯 대꾸했다.

「그런데 그 차가 사흘 동안 밤낮으로 도로변에 세워져 있는 것을 사람들이 알아챈 겁니다. 하지만 이곳 사람들은 남의 일엔 그다지 관심이 없어요. 그래서 그걸 보고도 별로 신경 쓰지 않았죠. 그러다 월요일 저녁에…….」

「잠깐! 오늘이 목요일 맞죠……? 그래, 계속해 봐요.」

「그러니까 월요일 저녁, 소형 트럭을 몰고 지나가던 정육점 주인이 그 차에 시동이 걸리는 걸 봤습니다……. 나중에 그 사람 진술서를 읽게 되실 겁니다. 그는 차를 뒤쪽에서 보고 있었는데요……. 처음에는 브라운이 취했다고 생각했답니다. 차가 이리 비틀, 저리 비틀 했으니까요. 그러다가 한동안 똑바로 달리더랍니다. 얼마나 똑바로 달렸는지 여기서 3백 미터 떨어진 커브 길에서 그대로 커다란 바위로 돌진해 버렸다는군요. 정육점 주인이 어떻게 해보기도 전에 두 여자가 차에서 내리더니 뒤에서 나는 차 엔진 소리를 듣고는 냅다 시내 쪽으로 뛰기 시작했답니다.」

「짐 같은 건 안 들고 있었소?」

「여행 가방 세 개요……. 땅거미가 깔리는 때였답니다. 정육점 주인은 어찌할 바를 모르고 있다가…… 거기, 마세 광장으로 간 겁니다. 아까 보셨겠지만 거기엔 교대 근무 중인 순경이 한 명 있거든요……. 순경은 두 여자를 찾아 나섰고, 결국 앙티브 역 쪽이 아닌 여기서 3킬로미터 떨어진 골프쥐앙 역 쪽으로 향하는 그들을 찾아낸 겁니다.」

「여전히 가방을 들고서?」

「하나는 도중에 버렸어요. 어제 타마리스 숲에서 발견 되었습니다……. 두 여자는 몹시 당황하더랍니다. 그리 고 리옹에 사는 한 친척이 아파서 찾아가는 길이라고 설 명했대요. 순경은 그들의 가방을 한번 열어 보는 게 좋겠 다고 생각했고, 결국 그 안에서 무기명 증권 한 묶음, 1백 파운드 지폐 몇 장, 그리고 기타 잡다한 물건들을 발견했 습니다. 구경꾼들이 모여들었고요……. 아페리티프 시간 이었어요……. 집집마다 사람들이 몰려나와서는 파출소 로, 그다음엔 교도소로 끌려가는 두 여자를 줄줄 따라왔 답니다.」

「별장은 뒤져 봤소?」

「다음 날 동트자마자 수색했죠. 처음엔 아무것도 찾아 낼 수 없었습니다. 두 여자는 브라운이 어떻게 됐는지 자 기네는 모른다고 주장했어요. 결국 정오 무렵에 한 정원 사가 땅이 파헤쳐진 자국을 발견했지요. 그리고 5센티미 터도 안 되는 두께의 흙 아래에서 브라운의 시체를 발견 한 겁니다. 정장 차림으로 묻혀 있었어요.」

「그래서 두 여자는?」

「그러니까 말을 바꾸더군요. 뭐라고 주장하느냐면, 사 흘 전에 자동차가 집 앞에 멈춰 섰는데, 브라운이 차를 차고에 넣지 않는 걸 보고 놀랐답니다. 그는 비틀거리며 정원을 가로질러 걸어왔고…… 지나는 그가 술에 취한 줄 알고 창문을 통해 욕설을 퍼붓고 있는데…… 그가 현관 계단에서 풀썩 쓰러지더라는 겁니다.」

「물론 죽었겠지?」

「그냥 죽은 게 아니죠! 뒤쪽으로 칼침을 한 방 맞았어요. 양 견갑골 사이에 말입니다.」

「그리고 두 여자는 집에서 죽은 그와 함께 사흘을 보냈다?」

「네! 거기에 대해선 설득력 있는 이유를 대지 못하고 있어요. 단지 브라운은 경찰이나 그와 비슷한 모든 것을 끔찍이 싫어했다고만 말할 뿐…….」

「그래서 그를 그냥 땅에 묻고, 가장 값나가는 물건들을 챙겨서 떠났다……? 자동차를 사흘 동안 도로에 세워 놓았던 사정은 이해하겠소. 지나는 운전에 능숙치 못하니까, 차를 차고에 집어넣는 걸 망설였겠지……. 그건 그렇다 치고! 차 안에 핏자국은 있었소?」

「핏자국은 없었어요. 그들은 자기네가 지워 버렸다고 주장하고 있죠.」

「그래, 그게 전부요?」

「그게 전부입니다. 지금 두 여자는 펄펄 뛰고 있어요! 당장에 자기들을 풀어 달라고 하면서.」

바깥에서 마차의 말 한 마리가 길게 울었다. 매그레는 들고 있는 시가를 다 피울 엄두는 나지 않았지만, 그렇다고 해서 선뜻 버리지도 못하고 있었다.

「우리, 위스키 한잔할까요?」주류가 저장된 지하실을 발견한 부티그가 제안했다.

정말이지, 여기선 어떤 비극적 사건의 분위기가 느껴지지 않았다! 매그레는 이 모든 일들을 좀 더 심각하게 바라보려고 애를 썼다. 저 태양 탓일까? 혹은 저 미모사 나무들, 저 오렌지 나무들, 혹은 여전히 3미터 깊이의 투명한 물속의 성게들을 겨냥하고 있는 저 한가로운 어부 탓일까?

「이 집 열쇠를 내게 맡겨 줄 수 있겠소?」

「아, 물론이죠! 이제 수사를 맡을 분은 반장님이신데요.」

그가 내미는 위스키 잔을 받아 비운 매그레는 축음기에 놓인 레코드판을 쳐다보다가 기계적으로 라디오 수신기의 버튼을 돌렸고, 이런 소리가 흘러나왔다.

「……11월…… 기한으로…….」

바로 그 순간, 매그레는 라디오 수신기 뒤에서 인물 사진 하나를 발견했다. 그는 좀 더 가까이서 들여다보기 위해 그것을 집어 들었다.

「이 사람이오?」

「네! 저도 살아 있을 때는 본 적이 없습니다만, 그 사람인 건 알겠네요.」

매그레는 약간 불안한 동작으로 라디오를 탁 꺼버렸다. 그의 내부에서 뭔가가 촉발되었던 것이다. 이 인물에 대한 흥미? 아니, 그 이상이었다!

그것은 뭔가 모호한 느낌, 좀 더 정확히 말하자면 상당히 불쾌하게 다가오는 어떤 느낌이었다. 지금까지만 해도 브라운은 그저 〈브라운〉일 뿐이었다. 다소간 신비로운 상황 가운데 사망한 모르는 외국인일 뿐이었다. 그가 살아 있는 동안 무슨 생각을 했는지, 그의 사고방식은 어떠했는지, 그에게 어떤 고민이 있었는지, 지금까지 아무도 궁금해하지 않았다.

그런데 지금, 인물 사진을 들여다보는 매그레의 마음은 묘하게 흔들리고 있었다. 마치 자신이 이 인물을 알고 있는 듯한 느낌이었던 것이다……. 어디서 본 것도 아닌데 벌써 알고 있는 듯한, 참으로 기묘한 느낌이었다…….

아니, 생김새는 전혀 중요하지 않았다……. 건장한 남성 특유의 널찍하고도 혈색 좋은 얼굴. 숱이 적은 적갈색 머리칼. 입술 위로 바짝 붙여 깎은 가늘고도 짤막한 콧수염. 큼직하면서도 맑은 눈망울…….

그런데 이 남자의 전체적인 모습과 표정 가운데에는 매그레 자신을 환기시키는 뭔가가 있었다. 일테면 어깨를 약간 구부정하게 기울인 자세…… 지나칠 정도로 차분하게 느껴지는 시선…… 그리고 소탈하면서도 약간은 뻐딱한 미소를 머금은 입술…….

이것은 더 이상 익명의 시체에 불과한 브라운이 아니었다. 이것은 매그레가 좀 더 알고 싶어지는, 강렬한 흥미를 불러일으키는 사내였다.

「우리, 위스키 한 잔 더 할까요? 이 술 과히 나쁘지 않은데요?」

부티그의 이 말은 어느 정도는 농담이었다. 하지만 다음 순간, 그는 더 이상 농담에 화답하지 않고, 넋 나간 얼굴로 주위를 둘러보기만 하는 매그레를 보고 놀라지 않을 수 없었다.

「마부에게도 한잔 권할까요?」

「아니! 이젠 그만 갑시다.」

「집을 둘러보지 않으실 건가요?」

「다음에 하겠소!」

혼자 있을 때 하고 싶었다! 그리고 지금처럼 땡볕으로 머릿속이 몽롱하지 않은 때에……. 앙티브 시내로 돌아오면서 그는 아무 말도 하지 않았고, 상대가 하는 말에 건성으로 머릿짓으로만 대답할 뿐이어서, 부티그는 혹시 자기가 무슨 실수를 범한 거라도 없는지 자문해 보았다.

「곧 구시가가 보일 겁니다. 감옥은 시장 바로 옆에 있어요. 하지만 구시가를 구경하시려면 오전이 더……」

「어느 호텔입니까?」 마부가 고개를 돌리며 물었다.

「시내 중심가에 묵길 원하세요?」 부티그가 물었다.

「그냥 여기서 내려 주시오! 난 여기가 편할 것 같소.」

곶과 시내의 중간 지점에 위치한 그곳에는 가족 펜션[4]
과 비슷한 형태의 호텔 하나가 있었다.

「오늘 저녁에 감옥엔 안 오실 겁니까?」

「그건 내일 생각해 봅시다.」

「그럼 제가 모시러 올까요? 그리고 저녁 식사 후에 쥐
앙레팽의 카지노에 가고 싶으시다면, 제가……」

「고맙소만 지금은 잠이 와서……」

사실 잠이 오는 건 아니었다. 하지만 컨디션이 좋지가
않았다. 그는 더웠다. 또 몸이 땀으로 끈적거렸다. 바다
쪽으로 트인 객실을 잡은 그는 욕조에 물을 받다가, 갑자
기 생각을 바꾸어 잇새에 파이프를 물고 호주머니에 손
을 찌르고서 밖으로 나왔다.

하얀 작은 테이블들, 쥘부채 형태로 유리잔에 꽂힌 냅
킨들, 포도주와 광천수 병들, 그리고 바닥을 쓸고 있는 하
녀 등이 식당 안에 얼핏 보였다.

〈브라운은 등에 칼을 맞아 살해됐다……. 그러자 두

---

4 이곳의 펜션은 민박의 친밀성과 호텔의 편의성이 결합된 형태의 숙
박 시설로, 투숙객이 스스로 취사를 하게 되어 있는 우리나라 펜션과는
달리 매끼 식사까지 제공된다.

여자는 돈을 가지고 튀려 했다……〉

아직은 모든 것이 흐릿하고 막연할 뿐이었다. 그리고 그의 시선이 무의식적으로 이끌린 태양은, 저 멀리 데장글레 산책로가 한 줄기 새하얀 선으로 보이는 니스 쪽에서 서서히 바다로 잠겨 들고 있었다.

이어 그는 아직도 흰 눈으로 덮여 있는 산봉우리들을 한동안 바라보았다.[5]

〈흠, 다시 말해서…… 왼쪽으로 25킬로미터 떨어진 곳에는 니스가 있고, 오른쪽으로 12킬로미터에는 칸이 있다는 얘기지……. 뒤는 산이고, 앞은 바다라……〉

벌써 그는 머릿속으로 브라운과 두 여인의 별장이 중심이 되는 한 세계를 꾸며 보고 있었다. 햇볕, 미모사를 비롯한 다디단 꽃들의 향내, 취한 파리들, 그리고 물렁거리는 아스팔트 위를 미끄러지는 자동차들이 끈끈하게 녹아내리고 있는 세계…….

앙티브 중심가까지는 1킬로미터도 되지 않았지만, 매그레는 거기까지 걸어갈 엄두가 나지 않았다. 방을 잡은 바콩 호텔로 돌아온 그는 전화로 구치소 책임자를 찾았다.

「소장님은 휴가 중이십니다.」

「부소장은?」

---

5 지중해 연안의 휴양 도시 앙티브는 만년설로 덮인 알프스 산맥과 멀지 않은 곳에 위치해 있다.

「부소장은 없고요, 제가 유일한 직원입니다.」

「좋아! 그렇다면 조금 있다가 거기 갇힌 두 여자를 별장으로 데려오게 해주시오.」

수화기 저편에 있는 간수 역시 햇볕에 취해 정신이 몽롱한 모양이었다. 아니면 아니스주라도 한잔 걸친 것일까? 어쨌든 그는 행정적으로 책임지라고 요구하는 것마저 잊어버렸다.

「알겠습니다! 수인들은 돌려주실 거죠?」

매그레는 하품을 하고 기지개를 켠 다음, 다시금 파이프에 담배를 채웠다. 그런데 이 파이프조차 평소와는 맛이 달랐다!

「브라운은 살해됐다……. 그러자 두 여자는…….」

그는 아주 느릿한 걸음으로 별장으로 향했다. 자동차가 암벽에 부딪혔다는 그 장소를 다시 보게 되었다. 순간, 웃음이 터질 뻔했다. 왜냐면 그것은 초보 운전자가 어쩔 수 없이 겪게 되는, 그런 종류의 사고였기 때문이다. 몇 번을 이리 비틀 저리 비틀 하다가 간신히 방향을 잡았으리라……. 그렇게 똑바로 달리기 시작하자, 이번에는 방향을 바꿀 수 없게 되었으리라…….

그 꼴을 보고 어스름 속에서 뒤따라온 정육점 주인…….트렁크들을 들고 허둥지둥 달리기 시작하다가, 너무 무거워 도중에 하나를 버렸다는 두 여자…….

기사가 운전하는 리무진 한 대가 옆을 지나갔다. 차 안쪽에 아시아 사람인 듯한 얼굴 하나가 보였다. 분명 부티그가 말한 그 인도 왕족이리라……. 바다는 붉은색과 푸른색으로 나뉘었고, 그 중간은 주황색으로 반짝였다. 여기저기 켜지기 시작하는 전등들에서는 아직은 창백하기만 한 빛이 흘러나왔고…….

이 광활한 배경 가운데 사람이라곤 매그레뿐이었다. 별장의 철책 문으로 걸어간 그는 마치 자기 집에 들어가는 사람처럼 열쇠를 돌린 다음, 철책 문을 반쯤 열어 놓고서 현관 계단을 걸어 올랐다. 나무들에는 무수한 새들이 모여 있었다. 현관문은 끼익 소리와 함께 열렸다. 브라운에겐 매우 친숙한 음향이었으리라.

그렇게 열린 문턱에 선 매그레는 냄새를 분석해 보려 했다. 집마다 특유의 냄새가 있는 법이므로. 이 집의 냄새는 아마도 사향인 듯한 아주 강렬한 향수가 기조를 이루고 있었다. 그다음에는 식어 버린 시가의 지린내도 느껴졌다.

그는 전기 스위치를 돌린 다음, 응접실 한구석, 라디오와 축음기와 가까운 안락의자에 자리 잡고 앉았다. 안락의자들 중에서도 가장 심하게 닳은 것으로 보아, 아마도 브라운이 주로 앉는 자리였던 모양이다.

〈그는 살해됐다…… 그러자 두 여자는…….〉

조명은 시원치 않았다. 하지만 매그레는 높직한 스탠드 하나가 콘센트에 연결되어 있는 것을 보았다. 거대한 분홍빛 실크 갓이 씌워진 스탠드였다. 전등에 불이 들어오자 방은 즉시 되살아났다.

〈전쟁 때에는 프랑스군 첩보부에 협조했었다……〉

이는 모두가 아는 바였다. 매그레가 기차에서 읽은 지역 신문들이 이 사건을 대서특필하고 있는 것은 바로 이 때문이었다. 스파이 활동은 대중들의 눈에는 무언가 신비스럽고도 화려한 것으로 비치게 마련이니까.

이 때문에 다음과 같은 종류의 어처구니없는 제목들이 쏟아져 나오고 있었다.

국제적인 사건

제2의 쿠티우포프 사건?

스파이전이 낳은 비극

어떤 기자들은 이 사건에서 체카의 냄새를 맡았고, 또 어떤 기자들은 인텔리전스 서비스의 방식들을 발견하기도 했다.[6]

6 체카는 1917년에 창설된 소련의 비밀 첩보 기관으로 KGB의 전신이다. 인텔리전스 서비스Intelligence Service는 영국의 비밀 첩보국 Secret Intelligence Service(SIS)를 줄여 부르는 말이다.

매그레는 뭔가가 빠진 것 같은 느낌에 주위를 둘러보았다. 그리고 그 원인을 찾아냈다. 지금 실내를 으슬으슬 느껴지게 만드는 것이 있었으니, 그 뒤에 밤의 어둠이 고여 있는 커다란 만(灣)이었다. 창에는 커튼이 달려 있었고, 매그레는 그것을 잡아당겼다.

「자, 이건 됐고! 이 베르제르 안락의자엔 아마도 한 여자가 바느질감 같은 걸 가지고 앉아 있었겠지…….」

과연 그 바느질감이 눈에 띄었다. 자수 작품 하나가 조그만 탁자 위에 놓여 있었다.

「다른 여자는 이쪽 구석에 앉아 있었겠고…….」

그쪽 구석에 책이 한 권 있었다. 『루돌프 발렌티노의 뜨거운 사랑들』이라는 제목의…….

「이제 여기에 지나와 그녀의 어머니만 들어오면 그림이 완성되겠군…….」

집중해서 살펴보니, 해안의 바위들을 따라 하얗게 부서지는 파도가 어렴풋이 분간되었다. 매그레는 니스의 어느 사진사의 서명이 있는 사진을 다시 한 번 들여다보았다.

「시끄러운 이야기가 나오지 않도록 하라…….」

달리 말해서, 기자들과 주민들이 떠들어 대는 터무니없는 이야기들을 끝내 버리기 위해서라도 가급적 빨리 진실을 찾아내야 한다는 뜻이었다. 정원의 자갈길을 자박 자박 걸어오는 발걸음 소리가 들렸다. 이어서 아주 묵직하면서도 너무도 매력적인 초인종 소리가 현관에서 울렸다. 그쪽으로 걸어가 문을 열어 준 매그레는 두 여자의 실루엣과 케피 모자[7]를 쓴 한 사내를 보았다.

「당신은 가봐도 되오. 이분들은 내가 맡을 테니……. 자, 숙녀분들, 들어오시죠!」

마치 손님을 영접하는 주인 같은 모습이었다. 두 여자의 용모는 아직 보이지 않았다. 반면, 강렬한 사향 냄새가 코안을 가득 채웠다.

「이제야 이해한 모양이네!」 약간 탁하게 느껴지는 목소리 하나가 이렇게 시작했다.

「아, 물론이죠! 자, 들어오세요. 거기 편안히들 앉으시고…….」

두 여자는 빛 가운데로 걸어 들어왔다. 어머니는 주름투성이 얼굴이 빽빽하게 처바른 분으로 완전히 덮여 버린 여자였다. 그녀는 응접실 한복판에 서서는 뭔가 사라진 거라도 없는지 살피듯, 주위를 둘러봤다.

다른 여자는 보다 경계하는 눈빛으로 매그레를 관찰하고 있었다. 동시에 드레스 주름들을 가다듬으면서 나름으론 꽤나 고혹적이라고 생각하는 미소를 지어 보였다.

「정말로 이 일 때문에 일부러 반장님을 파리에서 오게

7 프랑스의 경찰과 군경이 쓰던 원통형에 앞 챙이 달린 모자.

한 건가요?」

「코트를 벗으세요. 자, 자, 평소처럼 편하게들 앉으시
라고!」

두 여자는 자신들이 여기 불려 온 이 상황을 아직 충분
히 이해하지 못하고 있었다. 그래서 자기 집에 들어와서
도 손님처럼 어색하게 서 있었다. 여기에 혹시 어떤 함정
이라도 없는지 두려워하면서.

「자, 우리 셋이서 가볍게 얘기나 한번 나눠 봅시다!」

「뭔가 알고 계세요?」

딸이 이렇게 말하자, 어머니는 그 질그릇 깨지는 듯한
목소리로 즉각 경고했다.

「애, 지나야, 조심해라!」

자신의 역할에 진지하게 몰입할 수 없는 아까의 그 느
낌이 또다시 매그레를 사로잡았다. 노파의 얼굴은 그 요
란한 화장에도 불구하고 보기 민망할 정도로 끔찍했다.

또 딸 쪽은 어떤가? 어두운 색의 실크 드레스로 감싸
인 터질 듯한 굴곡의, 아니 약간은 과도하게 투실투실한
몸매의 그녀는 〈짝퉁 요부〉의 이미지를 완벽하게 구현하
고 있었다.

그리고 이 냄새! 다시금 몰아쳐 오며 방 안 공기를 포
화 상태로 만들어 버리는 이 지독한 사향 냄새!

마치 삼류 극장 내의 관리인 거처를 생각나게 하는 분

위기였다.

뭔가 극적으로 느껴지는 요소는 전혀 없었다! 신비한 구석이라곤 눈곱만큼도 없었다! 자수를 하면서 딸을 감시하고 있는 어미! 발렌티노의 유치찬란한 연애 이야기들에 열중해 있는 딸내미!

다시 브라운의 안락의자에 앉은 매그레는 무표정한 눈으로 두 여자를 쳐다보았다. 속으로는 약간 답답한 기분으로 이렇게 자문하면서.

〈이 브라운이라는 인간…… 10년 동안 이 두 여자하고 대체 뭘 하고 있었던 걸까?〉

10년! 꼼짝 않는 태양, 미모사 향기 속에서, 창문 아래 무한히 펼쳐져 천천히 일렁이는 푸른 바다 앞에서 흘러갔을 그 기나긴 낮 시간들……. 그리고 해암에 부딪히는 희미한 파도 소리도, 안락의자에 앉은 어미와 분홍빛 실크 전등갓 아래의 딸도 그 적요함을 깨뜨리지 못했을, 그 길고 긴 저녁 시간들로 채워졌을 10년의 세월…….

그는 건방지게도 자신을 닮은 이 브라운의 사진을 기계적으로 매만지고 있었다.

2
브라운 얘기를 들려주오

「그는 저녁 시간은 어떻게 보냈습니까?」

매그레는 이렇게 질문하고 다리를 꼬았다. 그러고는 귀부인 흉내를 내려 애쓰는 노파를 따분한 눈으로 쳐다보았다.

「우린 외출하는 일이 별로 없었어요. 딸애는 주로 독서로 시간을 보냈고, 난……」

「브라운 얘기를 해주세요!」

그러자 기분이 상한 그녀는 팩하고 내뱉었다.

「그는 아무것도 안 했다우!」

「라디오를 듣곤 했어요……」 지나는 나름 고혹적이라 여기는지 나른한 포즈들을 취해 가며 한숨을 쉬었다. 「진정한 음악을 좋아하는 나로서는 그런 끔찍한……」

「브라운 얘기를 해달라고요……. 건강은 좋았습니까?」

「그 사람, 내 말만 잘 들었어도……」 어머니가 말했다.

「간이나 콩팥 때문에 고생하는 일은 절대 없었을 텐데 말이에요. 남자가 나이 마흔이 넘어가면……」

이때 매그레의 표정은, 어떤 쾌활한 멍청이가 연신 폭소를 터뜨리며 늘어놓는 썰렁한 구닥다리 농담들을 듣고 있어야만 하는 사내의 그것이었다. 두 여자 모두 우스꽝스럽기 짝이 없었다. 귀부인처럼 새침한 얼굴을 하고 앉아 있는 노파나, 피둥피둥한 오달리스크처럼 온갖 포즈를 연출하고 있는 딸이나……

「두 분께서 말씀하셨죠. 그날 저녁 그는 자동차를 타고 귀가하여, 정원을 가로지른 뒤 현관 계단에서 쓰러졌다고……」

「맞아요, 마치 술이 떡이 된 사람처럼요! 난 창문을 통해 소리쳤지요. 그따위 상태로는 절대 집에 들어올 수 없다고.」

「술 취해 들어오는 일이 많았습니까?」

다시 노파가 대답했다.

「오오! 10년 동안 우리가 얼마나 인내심을 발휘해야 했는지를 아신다면……」

「술 취해 들어오는 일이 많았습니까?」

「한 번씩 가출을 할 때마다 매번, 음, 거의 매번 그랬어요……. 우린 그걸 〈9일 기도〉[8]라고 불렀지요.」

「그래서 그가 그 9일 기도를 자주 했나요?」

매그레는 만족의 미소가 새어 나오는 것을 어쩔 수 없었다. 그렇다면 브라운은 지난 10년의 세월을 이 두 여자의 얼굴만 마주하고 보낸 것은 아닌 것이다!

「거의 매달 그랬어요.」

「한 번 나가면 얼마나……?」

「사흘, 나흘, 때로는 그 이상도…… 돌아올 때는 더러운 행색에 술에 절어 있었고요.」

「그런데도 두 분은 그가 집을 나가도록 놔뒀나요?」

잠시 침묵이 흘렀다. 노파는 표정이 더욱 뻣뻣해져서는, 날카로운 시선으로 반장을 흘깃 한 번 쳐다보았다.

「하지만 두 분께서는 그에 대해 어떤 영향력이 있었을 것 아닙니까?」

「왜냐면 그 사람이 돈을 찾으러 가야 했거든요!」

「왜, 같이 갈 수는 없었나요?」

지나가 일어섰다. 그녀는 지친 듯한 표정으로 손을 내저으며 한숨을 내쉬었다.

「아, 정말 이 모든 게 너무 힘드네요! 좋아요, 반장님, 진실을 말씀드릴게요……. 우린 결혼은 안 했어요. 하지만 윌리엄은 항상 나를 자기 정식 아내로 대했죠. 엄마를

8 가톨릭 용어로, 개인이나 공동체가 특별한 목적을 이루기 위해 은총을 받으려 9일 동안 드리는 기도. 예수 승천 후, 사도들이 성모 마리아와 함께 성령 강림을 기다리며 기도한 것을 근거로 생긴 의식이다.

우리와 함께 살게 할 정도로요……. 사람들은 나를 브라운 부인으로 알고 있어요. 그러지 않았으면 난 받아들이지 않았을 거예요.」

「나도 마찬가지야!」 다른 여자가 마침표를 찍듯 말했다.

「다만…… 약간의 문제가 있긴 했어요. 난 윌리엄을 나쁘게 말하고 싶진 않아요. 하지만 한 가지 점에 있어서만은 그이는 항상 선을 분명히 그었죠. 바로 돈 문제예요.」

「그는 부자였습니까?」

「몰라요.」

「그리고 그의 재산이 어디 있는지도 모르십니까? 바로 그런 이유로 매달 그가 돈을 찾아올 수 있게끔 집을 나가게 놔둔 건가요?」

「솔직히, 그이를 추적하려 시도해 봤어요. 내겐 그럴 권리가 있지 않은가요? 하지만 그이는 조심했어요. 언제나 자기 차를 몰고 떠났죠.」

이제 매그레는 마음이 편안해졌다. 심지어는 기분이 유쾌해지기까지 했다. 이 성질 고약해 보이는 두 여자와 같이 살면서, 10년 동안 수입원을 숨기는 데 성공한 이 장난꾼 브라운과 비로소 화해한 것이다.

「한 번에 많은 액수를 가지고 왔나요?」

「간신히 한 달 먹고살 정도로요……. 2천 프랑……. 15일부터는 조심조심 살아야 했어요!」

이게 아주 예민한 부분이었다! 그 사실을 생각하는 것만으로도 두 여자는 분통이 터지는 모양이었다.

안 봐도 뻔했다! 돈이 바닥을 드러내기 시작하면, 두 여자는 저 사람이 곧 〈9일 기도〉를 시작하지 않을까, 생각하면서 초조하게 윌리엄을 관찰했으리라.

차마 대놓고 이렇게 말할 수는 없었을 것이다. 〈자……당신 한바탕 놀러 안 가요?〉

그보다는 어떤 암시의 방법을 사용했으리라. 매그레는 그 광경이 선히 그려졌다.

「그런데 집안 재정은 누가 관리하셨습니까?」

「엄마요.」 지나가 대답했다.

「식단은 어머니가 짜셨나요?」

「물론이죠! 그리고 요리도 직접 하셨어요! 돈이 많지 않아서 하녀를 고용할 수 없었거든요.」

그렇다면 해결책은 간단했다. 마지막 날들이 되면 브라운에게 말도 안 되는 비참한 음식을 내놓는다. 그가 불평하면 이렇게 대답한다. 〈지금 남은 돈 가지곤 그렇게밖에는 못 해 먹는다고요!〉

그는 꾸물거리다가 마지못한 얼굴로 집을 나섰을까? 아니면 기다렸다는 듯 총알같이 달려 나갔을까?

「보통 몇 시에 출발했습니까?」

「정해진 시간이 없었어요. 지금 정원에 있나 보다, 혹은 차고에서 차를 닦고 있나 보다, 생각하고 있을라치면 갑자기 엔진 부릉대는 소리가 들리곤 했죠.」

「그를 따라가려고 해보지 않았습니까? 택시 같은 걸 타고서?」

「여기서 3백 미터 떨어진 곳에 택시 한 대를 사흘 동안 대기시켜 놓은 적도 있어요. 하지만 앙티브도 못 벗어나서 놓쳐 버렸죠. 골목길들로 요리조리 빠져서는 우릴 떨어뜨린 거죠……. 하지만 난 그 사람이 어디다 차를 세워 놓곤 했는지 잘 알고 있어요. 칸의 한 정비소죠……. 그렇게 거기다 차를 처박아 놓고는 어딘가를 싸돌아다닌 거예요.」

「그렇다면, 어쩌면 기차를 타고 파리나 다른 곳으로 갈 수도 있었겠네요?」

「어쩌면요!」

「하지만 어쩌면 이 고장에 남아 있었을 수도 있겠지요?」

「그렇다면 누군가 그를 본 사람이 있어야 할 텐데…….」

「그는 이런 〈9일 기도〉에서 돌아오는 길에 죽은 건가요?」

「네……. 떠난 지 7일 만에 돌아왔죠.」

「수중에 돈은 있던가요?」

「늘 그랬듯이 2천 프랑요.」

「내 생각을 한번 말해 볼까요?」 노파가 끼어들었다. 「그래요! 윌리엄에겐 훨씬 더 많은 연금이 있었던 게 틀림없어요! 어쩌면 4천…… 어쩌면 5천 정도 되겠죠…….
그는 나머지를 자기 혼자서 쓰고 싶었던 거예요. 우린 그
웃기는 금액을 가지고 살게 하고선 말이에요.」

　매그레는 지극히 흐뭇한 얼굴로 브라운의 안락의자에
몸을 깊이 묻었다. 이 심문이 진행됨에 따라, 그의 입가의
미소는 점점 뚜렷해졌다.

　「성격이 못됐었나요?」

　「그이가요? 더없이 좋은 남자였어요.」

　「잠깐만! 가능하시다면, 우리 그의 일과표를 한번 작
성해 봅시다. 누가 가장 먼저 일어나셨죠?」

　「윌리엄요……. 그이는 보통 거실에 있는 디방에서 잠
을 자곤 했어요. 그리고 날도 채 안 밝았는데 벌써 왔다
갔다 하는 소리를 내곤 했죠……. 내가 그 사람에게 적어
도 백번은 말했을 거예요. 제발 그렇게 좀 하지…….」

　「잠깐만요! 커피는 그가 끓였나요?」

　「네……. 10시경에 우리가 내려와 보면 불판 위에 커피
가 준비되어 있었어요……. 하지만 이미 식은 후였죠.」

　「그리고 브라운은요?」

　「이것저것 만지작거리고 있었어요. 정원에서…… 차고
에서…… 아니면 바다 앞에 앉아 있거나요. 그러다 보면
장 보러 갈 시간이 되죠……. 그는 차를 꺼내요……. 내가
아무리 애를 써도 그 사람에게서 얻어내지 못한 게 또 한

가지 있는데, 바로 장 보러 가기 전에 몸단장을 하는 일이
에요……. 그는 재킷 아래에 파자마 상의를 그대로 껴입
은 차림에, 슬리퍼를 질질 끌면서 머리도 제대로 빗지 않
은 몰골로 돌아다녔답니다……. 우린 앙티브로 갔어요.
그는 가게 앞에서 기다리곤 했지요.」

「집에 들어와서는 옷을 제대로 입었나요?」

「어떤 때는 그렇고, 어떤 때는 안 그렇고! 면도 안 하고
4~5일을 지낸 적도 있었어요.」

「식사는 어디서 했습니까?」

「주방에서요! 하녀도 없는데 방마다 더럽혀 놓을 수는
없는 일이죠.」

「오후에는?」

두말할 나위가 있겠는가? 두 여자는 실컷 낮잠을 즐겼
다. 그리고 5시경이 되면 다시 슬리퍼가 온 집 안을 돌아
다니는 소리가 들려왔단다!

「말다툼이 많았나요?」

「그런 적은 거의 없어요! 하지만 우리가 뭔가 기분 나
쁜 소리를 하면 윌리엄은 입을 꾹 다물어 버리는데, 그 방
식이 너무나도 모욕적으로 느껴지는 거 있죠…….」

매그레는 웃음을 꾹 참았다. 그는 이 브라운이라는 기
막힌 사내가 이제는 완전히 친구처럼 느껴지기 시작했다.

「자, 그는 살해되었습니다……. 이건 그가 정원을 지나

올 때 일어난 일일 수도 있겠죠? 하지만 두 분 말씀으로
는 자동차 안에서 혈흔을 발견하셨다고⋯⋯.」

「우리가 무슨 이유로 거짓말을 하겠어요?」

「아, 물론이죠! 자, 그렇다면 그는 다른 곳에서 살해되
었습니다! 좀 더 정확히는 중상을 입은 거죠! 그리고 의
사나 파출소를 찾아가는 대신, 이곳으로 온 거예요⋯⋯.
두 분께선 시신을 집 안으로 옮기셨나요?」

「바깥에다 내버려 둘 수는 없는 노릇이잖아요!」

「자, 이제 왜 당국에 신고하지 않았는지 말씀해 보세
요. 난 두 분께서 그럴 만한 충분한 이유가 있었다고 확
신합니다만⋯⋯.」

그러자 노파가 벌떡 일어서며 단호한 어조로 말했다.

「네, 반장님! 그 이유를 내가 말씀드리겠어요! 어차피
언젠가 반장님도 진실을 알게 되겠지만! 브라운은 과거
에 오스트레일리아에서 결혼한 적이 있어요. 왜냐면 그
는 오스트레일리아 사람이니까⋯⋯. 그의 처는 아직 생존
해 있죠. 하지만 그녀는 계속 이혼을 거부해 왔고, 거기엔
다 이유가 있었죠⋯⋯. 지금 우리가 코트다쥐르에서 제일
멋진 별장에 살지 못하는 것은 다 그 여자 때문이에요.」

「그녀를 본 적이 있나요?」

「그 여자는 한 번도 오스트레일리아를 떠난 적이 없어
요. 하지만 무슨 수를 썼는지, 결국 자기 남편을 법정 후

견을 받게 만들었어요……. 우리는 10년 전부터 그와 함께 살아왔어요. 그러면서 그를 보살펴 주고 위로해 주었어요……. 우리 덕분에 돈도 약간 모아 놓을 수 있었고요……. 네, 그랬어요! 그런데 만일…….」

「만일 브라운 부인이 자기 남편이 사망했다는 걸 알게 되면, 여기 있는 걸 모두 압류하겠죠!」

「바로 그거예요! 그렇다면 지금까지 우리의 희생은 헛수고가 되는 거죠……! 그것만이 아니에요! 나도 생판 빈털터리는 아니라고요! 내 남편은 군(軍)에 있었고, 난 약소하나마 계속 연금을 받아 왔어요. 여기 있는 물건들 중 내게 속한 것도 꽤 된단 말이에요. 문제는 법이 그 여자에게 유리하게 되어 있어서, 그녀는 우릴 간단히 내쫓아 버릴 수 있다는 점이에요.」

「그래서 두 분께선 망설였겠군요……. 어떻게 하는 게 가장 현명할까를 따져 봤겠죠. 사흘 동안…… 거실의 디방에 누워 있었을 시신을 앞에 두고서 말입니다.」

「이틀 동안이었어요! 이틀째 되는 날, 우리는 그를 파묻었죠.」

「두 분이서 말이죠! 그런 다음 집에서 값나가는 것을 몽땅 챙겨 가지고는…… 그런데, 대체 어디로 갈 생각이었죠?」

「아무 데로나요! 브뤼셀도 좋고, 런던도 좋고…….」

「전에 자동차를 운전해 본 적은 있습니까?」 매그레가 지나에게 물었다.

「한 번도 없어요! 하지만 차고에서 시동을 걸어 본 적은 있지요.」

한마디로 영웅적인 행동이었다! 시체는 정원에다 파묻어 놓고, 그 무거운 트렁크 세 개를 쟁여 넣은 자동차를 이리 비틀 저리 비틀 몰며 집을 떠났을 두 여자…… 정말이지 대단했다!

매그레는 지겨워지기 시작했다. 이 분위기가, 이 사향 냄새가, 전등갓에서 새어 나오는 이 발그레한 불빛이.

「집을 한번 둘러봐도 되겠습니까?」

두 여자는 차분함과 나름의 품위를 회복했다. 어쩌면 자신들의 진술을 너무도 간단하게 받아들이는, 이 모든 사건들을 너무도 자연스러운 것들로 여기고 있는 듯이 보이는 반장의 태도에 어리둥절해하고 있는 건지도 몰랐다.

「집이 좀 어지러운데 용서해 주실 거죠?」

그럼 용서해 주지 않으면 어떻게 하겠는가? 그리고 이런 것은 〈어지럽다〉고 말하지 않는다. 이런 상태는 〈심히 지저분하다〉고 말한다. 집 안 꼴은 먹이 찌꺼기들과 배설물들과 악취가 진동하는, 짐승들이 살아가는 굴속과 닮아 있었다. 또한 허세 넘치는 잡동사니들이 널려 있는 중

산층의 실내 분위기도 느껴졌다.

거실의 외투 걸이에 윌리엄 브라운의 낡은 외투 한 벌이 걸려 있었다. 매그레는 그 호주머니들을 뒤졌고, 허옇게 닳은 장갑 한 켤레, 열쇠 한 개, 카슈[9] 한 갑을 꺼냈다.

「그는 카슈를 먹었나요?」

「술을 마신 후에는요. 자기가 술 마신 걸 우리가 입 냄새로 알아채지 못하게 하려고 그런 거예요! 왜냐면 우리가 위스키를 금지했거든요. 그는 항상 병을 감춰 놓고 있었죠.」

외투 걸이 위에는 뿔 달린 수사슴 대가리 하나…… 그리고 좀 더 멀리에는 등나무로 짠 외다리 탁자가 보였고, 그 위엔 명함 담는 은 쟁반이 놓여 있었다.

「이 외투를 걸치고 다녔나요?」

「아뇨. 개버딘 트렌치코트를 입고 다녔어요.」

식당의 덧창들은 닫혀 있었다. 그 방은 창고로 전락해 있었고, 바닥에 바닷가재 통발들이 굴러다니는 걸 보면 브라운은 낚시를 즐겼던 모양이다.

다음에는 부엌. 오븐에는 한 번도 불을 지핀 일이 없는 듯했다. 작동하는 것은 알코올 불판이었다. 그 옆에는 광천수를 담았던 듯한 빈 병 50~60여 개가 쌓여 있었다.

「이곳 물은 석회질이 많아서요…….」

9 아선약이 들어간 사탕으로 입안 청량제로 사용된다.

계단에 깔린 카펫은 긴 구리 봉들로 고정되어[10] 허옇게 닳아 있었다. 지나의 침실로 가기 위해서는 그저 사향 냄새를 쫓아가기만 하면 되었다.

욕실도 없고, 화장실도 없었다. 잔뜩 흐트러진 침대 위엔 드레스들이 어지러이 널려 있었다. 여기서 가지고 갈 가장 좋은 옷들을 고른 모양이었다.

매그레는 노파의 방에는 아예 들어가지도 않았다.

「하도 급하게 떠나느라…… 이런 집 안 꼴을 보여 드리게 되어 창피하네요.」

「나중에 다시 찾아뵙겠습니다.」

「그럼 우린 석방된 건가요?」

「다시 감옥으로 돌아가진 않을 겁니다. 어쨌든 지금으로선……. 허나, 만일 두 분께서 이 앙티브를 뜨려고 시도할 시에는…….」

「그런 일은 절대로 없을 거예요!」

그들은 그를 현관문까지 배웅해 주었다. 그때서야 노파는 예절이란 걸 기억해 냈다.

「시가 한 개비 가져가시려우, 반장님?」

지나는 한술 더 떴다. 이렇게 힘 있는 남자의 호감을 확보해 두는 게 좋지 않겠는가?

10 계단에 깐 카펫이 들뜨지 않도록 계단의 수평면과 수직면이 만나는 내각 부분에 길고 가느다란 구리 봉들을 꽉 대어 놓는다.

「그냥 상자째 가져가셔도 돼요. 이제는 그걸 피울 윌리엄도 없으니까…….」

그건 사실이었다! 밖에 나온 매그레는 마치 술에 취한 듯한 기분이었다. 웃음을 터뜨리고 싶기도 하고, 또 한편으론 이를 악물고 싶기도 했다. 철책 문을 지나 뒤를 돌아보니, 수풀 우거진 배경 속에 새하얀 별장이 서 있었다. 그것은 또 너무나도 다른 이 집의 이미지였다!

달은 지붕 한 모퉁이 위에 걸려 있었다. 오른쪽에는 반짝이는 바다, 그리고 파르르 흔들리는 미모사 나무들…….

트렌치코트는 겨드랑이에 끼고 있었다. 이렇게 그는 아무 생각 없이 바콩 호텔까지 걸어서 돌아왔다. 때로는 마음을 무겁게도 하다가, 때로는 웃음을 참지 못하게도 하는 막연한 인상들만 머릿속에 가득했다.

「빌어먹을 윌리엄!」

늦은 시간이었다. 식당에는 신문을 읽으며 기다리고 있는 한 웨이트리스 외에는 더 이상 사람 그림자가 없었다. 그제야 매그레는 자신이 가져온 것이 자신의 트렌치코트가 아니라는 사실을 알아차렸다. 그것은 때가 꼬질꼬질한 데다 식용유며 기계기름 등이 얼룩져 있는 브라운의 개버딘 트렌치코트였다.

그 왼쪽 호주머니에서는 영국식 열쇠 하나가, 오른쪽 호주머니에서는 동전 한 줌, 그리고 네모진 형태에 숫자

하나가 새겨진 구리 토큰 몇 개가 나왔다.

조그만 바들의 카운터 위에 놓인 슬롯머신에 사용하는 토큰이었다.

그런 게 10여 개나 들어 있었다.

「여보세요! 저, 부티그 형사입니다······! 제가 호텔로 반장님을 모시러 갈까요?」

아침 9시였다. 6시부터 창문을 활짝 열어 놓은 매그레는 코앞에 지중해가 시원하게 펼쳐졌다는 의식 속에서 간헐적으로 달콤한 선잠에 빠져들었다가 깨어나기를 반복해 오고 있었다.

「뭐하시려고?」

「시체를 보고 싶지 않으십니까?」

「그래요······. 아니······ 글쎄, 오후에나 한번 볼까? 아무튼 점심 때 다시 전화하시오.」

일단 잠에서 깨어날 필요가 있었다. 이런 유쾌하기만 한 아침 분위기에서는 전날의 이야기들이 더 이상 현실로 느껴지지가 않았다. 두 여자는 어렴풋한 악몽처럼 생각날 뿐이었다.

그네는 아직도 일어나지 않았으리라. 만일 브라운이 살아 있었다면, 그는 정원과 차고를 돌아다니며 이것저것 만지작거리고 있으리라. 혼자서! 씻지도 않은 채로!

그리고 꺼진 불판 위의 그 차가운 커피!

매그레는 면도를 하다가 벽난로 턱 위에 놓인 토큰들을 발견했다. 이것들이 이 이야기의 어느 부분에서 나온 것인가를 기억해 내기 위해서는 얼마간의 노력이 필요했다.

「브라운은 9일 기도를 떠났고, 살해되었어. 공격받은 시점은 차에 타기 전일 수도 있고, 차 안일 수도 있고, 정원을 지나올 때일 수도 있고, 집 안일 수도 있지……」

그의 왼쪽 뺨의 비누 거품이 걷혔을 때 그는 이렇게 웅얼거렸다.

「브라운은 앙티브의 선술집들엔 가지 않았어……. 만일 그랬다면 부티그가 내게 얘기했겠지……」

또 지나의 말로는, 그가 차를 칸에 세워 놓곤 했다고 하지 않았던가?

약 15분 후, 그는 칸 경찰서에 전화를 걸었다.

「수사국의 매그레 반장이오……. 슬롯머신이 있는 술집 리스트 좀 구할 수 있겠소?」

「그런 건 더 이상 없어요. 두 달 전에 도 법령에 의해 싹치워졌거든요.」

매그레는 호텔 여주인에게 어딜 가야 택시를 잡을 수 있느냐고 물었다.

「어디 가시려고요?」

「칸!」

「그럼 택시 탈 필요가 없어요. 마세 광장에서 3분마다 출발하는 버스가 있으니까요.」

과연 그랬다. 아침 햇살 아래 마세 광장은 전날보다도 명랑한 분위기가 넘쳐흘렀다. 브라운은 장 보러 가는 두 여자를 태우고 갈 때 이 광장을 지났으리라.

매그레는 버스에 올라탔다. 30분 후, 칸에 도착한 그는 지나가 알려 준 정비소를 찾아갔다. 위치는 크루아제트가 근처였다. 세상이 온통 흰색이었다. 어마어마한 덩치의 새하얀 호텔 건물들! 새하얀 상점들. 새하얀 바지들과 새하얀 드레스들. 바다에 떠 있는 새하얀 돛들…….

삶은 뮤직홀 무대에서나 볼 수 있는 마법의 세계일 뿐이었다. 흰색과 파란색으로만 이루어진 환상의 세계.

「브라운 씨가 차를 맡기곤 했던 곳이 여기요?」

「드디어!」

「뭐가 〈드디어〉요?」

「드디어 골칫거리들이 몰려들기 시작한다고요! 그가 살해됐다는 소식을 들었을 때부터 이럴 줄 알았다니까! ……네, 맞아요, 여깁니다! 난 숨길 것 하나도 없으니까! 그는 저녁에 그 똥차를 몰고 와서, 8일 내지 10일 후에 다시 찾으러 오곤 했어요.」

「술이 떡이 돼서?」

「볼 때마다 취해 있었죠.」

「그다음에 어디로 갔는지 아시오?」

「언제 말입니까? 차를 맡겨 놓고요? 난 전혀 몰라요.」

「당신에게 세차나 정비를 부탁했소?」

「전혀요! 엔진 오일 교체 안 한 지가 벌써 1년도 넘었어요.」

「그 사람에 대해 어떻게 생각하시오?」

정비소 주인은 어깨를 으쓱했다.

「아무 생각 안 나요.」

「좀 특이한 사람이었소?」

「특이한 인간이라면 이 코트다쥐르에는 쎄고 쎘어요. 하도 흔해서 눈에 띄지도 않을 정도죠……. 자, 바로 어제만 해도, 어떤 젊은 미국 계집애가 오더니 자기 차를 백조 형태로 바꿔 달라고 하는 거 아닙니까……. 뭐, 돈만 내신다면야!」

이제 남은 것은 슬롯머신이었다. 매그레는 부두 근처의 한 바에 들어갔다. 주로 요트 선원들이 출입하는 술집이었다.

「여기에 슬롯머신 없소?」

「한 달 전에 금지됐어요. 하지만 조금 있다가 새 모델을 들여놓을 거예요. 두세 달 후면 그것도 금지되겠지만…….」

「이제 그건 아무 데도 없는 거요?」

사장은 시인도, 부인도 안 했다.

「자, 뭘 드실 겁니까?」

매그레는 베르무트[11] 한 잔을 마셨다. 그의 시선은 부두에 줄지어 정박해 있는 요트들을, 그리고 근무하는 배의 이름이 수놓인 스웨터를 입은 선원들을 차례로 훑고 있었다.

「혹시 브라운을 아시오?」

「어떤 브라운 말입니까? 아, 그 피살된 사람요……? 그는 여긴 출입하지 않았어요.」

「그럼 어디를 다녔소?」

〈글쎄요〉 하는, 애매한 몸짓. 주인장은 저쪽으로 가서 다른 손님의 잔을 채웠다. 무더운 날씨였다. 아직 3월밖에 안 되었음에도, 땀으로 축축해진 피부는 여름 냄새를 풍겼다.

「그 사람 얘기를 들은 적은 있는데, 누구한테 들었는지 잘 기억이 안 나네요.」 주인장이 손에 술병을 들고 오면서 말했다.

「뭐, 괜찮소! 어차피 내가 찾는 건 슬롯머신이니까……」

브라운은 트렌치코트 차림으로 9일 기도를 떠나곤 했었다. 그리고 집에 돌아올 때마다 두 여자는 십중팔구 그

---

11 포도주를 기본으로 하여 향쑥 등의 약재를 가미한 혼성주. 주로 아페리티프로 마신다.

46

의 호주머니를 샅샅이 뒤졌을 것이다.

따라서, 토큰은 마지막 9일 기도 때 가져온 거라는 얘기다.

하지만 이 모든 것은 막연하고 흐릿하기만 했다. 게다가 저 망할 놈의 태양! 매그레는 다른 사람들처럼 술집 테라스에 느긋하게 앉아서, 잔잔한 수면에 거의 미동도 없이 떠 있는 배들을 멍하니 바라보고 싶을 뿐이었다.

화사한 색의 전차들…… 멋들어진 자동차들…… 크루아제트 가와 평행하게 뻗어 있는, 활기찬 칸의 상점가도 눈에 띄었다.

「다 좋은데……!」 매그레는 으르렁대듯 웅얼거렸다. 「브라운이 칸에서 9일 기도를 했다면, 그 장소가 여기는 아니란 말씀이야…….」

그는 걸었다. 이따금 걸음을 멈추고 술집들에 들어갔다. 베르무트 한 잔을 마시고, 슬롯머신에 대해 말했다.

「정기적으로 있는 일이에요! 석 달에 한 번씩 일제 단속을 하죠. 그러고 나면 또 다른 기계들을 들여놓고, 다시 석 달 동안은 문제없는 거죠…….」

「브라운을 아시오?」

「살해당한 그 브라운 말입니까?」

지루한 대화가 반복되었다. 정오가 지났다. 거리마다 햇볕이 수직으로 내리쬐고 있었다. 매그레는 어떤 순경에게 다가가, 질탕하게 놀며 다니는 여느 관광객처럼 이렇게 묻고 싶은 마음이 굴뚝같았다.

「여기서 신나게 즐길 수 있는 동네가 어디요?」

만일 매그레 부인이 거기 있었다면, 그녀는 남편의 눈이 여러 잔 들이켠 베르무트 탓으로 조금은 지나치게 반짝이고 있다고 느꼈으리라…….

그는 어느 길모퉁이를 끼고 돌았고, 다시 한 모퉁이를 돌았다. 갑자기 눈앞에 나타난 것, 그것은 햇빛에 새하얗게 빛나는 거대한 건물들이 늘어선 칸이 아니었다. 그것은 폭이 1미터 남짓한 좁다란 골목들, 그리고 한 집에서 다른 집으로 이어진 철사 줄에 속옷들이 널려 있는 새로운 세계였다.

오른쪽에 간판이 하나 보였다. 〈오 브레 마랭〉.[12]

왼쪽에도 간판이 붙어 있었다. 〈리버티 바〉.

매그레는 오 브레 마랭에 들어가, 카운터 앞에 서서 베르무트 한 잔을 주문했다.

「이런! 이 집에 슬롯머신이 있을 줄 알았는데……!」

「전에는 있었죠!」

매그레는 머리가 무지근했다. 또 시내를 뱅뱅 돈 탓에 다리도 후들거렸다.

「하지만 어떤 집들엔 아직 있잖소?」

12 Aux Vrais Marins. 〈진짜 뱃놈들의 술집〉이라는 뜻.

「네, 그런 집들도 있죠……」 웨이터가 행주로 카운터를 훔치며 웅얼댔다. 「운 좋게 단속을 피하는 집들은 언제나 있으니까요……. 하지만 우리하곤 상관없는 일 아니겠습니까?」

이렇게 말하며 그는 길 건너편에 흘깃 눈길을 던져 보였고, 이어 매그레의 또 다른 질문에 대답했다.

「네, 2프랑 25상팀입니다……. 그런데 이거 어떡하나, 거스름돈이 없는데…….」

이렇게 반장은 리버티 바의 문을 밀었다.

3
윌리엄의 대녀

폭이 2미터, 길이가 3미터 남짓한 홀은 텅 비어 있었다. 반지하 공간이었고, 그 때문에 계단 두 개를 내려가야 했다.

좁다란 카운터 하나. 유리잔 여남은 개를 갖춘 선반 하나. 슬롯머신. 그리고 드디어 테이블 두 개.

홀 안쪽에는 튈[13] 커튼이 드리워진 격자 유리문이 나 있었고, 그 커튼 뒤로 사람 머리 같은 것들이 어른거렸다. 하지만 아무도 손님을 맞으러 일어서려 하지 않았다. 여자 목소리 하나가 이렇게 소리쳤을 뿐이다.

「어서 들어오지 않고 뭐해요?」

매그레는 들어갔다. 다시 계단 한 칸을 내려서야 했다. 창문이랍시고 안뜰 바닥 높이에 뚫려 있는 것은 차라리 환기창에 가까웠다. 흐릿한 빛 가운데, 식탁 둘레에 앉아

13 기계로 뜬 얇은 레이스의 일종.

있는 세 사람의 모습이 반장의 눈에 들어왔다.

방금 소리 질렀고, 지금은 식사를 계속하고 있는 여인이 반장을 빤히 쳐다보았다. 차분하면서도 조그만 세부 하나도 놓치지 않는 눈길, 바로 매그레 자신이 평소 사람들을 쳐다보는 시선이었다.

두 팔꿈치를 식탁 위에 올려놓은 그녀는 마침내 한숨과 함께 민걸상 하나를 턱으로 가리켰다.

「네, 생각보다 늦으셨네요!」

그녀 옆에는, 매그레 쪽에서는 등짝만 보이는 한 남자가 있었다. 아주 말끔한 선원복 차림의 사내였다. 연한 금발의 머리칼을 목덜미 위로 바짝 자른 그의 두 팔뚝에 토시를 끼고 있었다.

「신경 쓰지 말고 편하게 먹으라고……. 별일 아니니까.」여자가 그에게 말했다.

사내의 맞은편, 식탁 저쪽에 앉은 세 번째 인물은 가무잡잡한 피부의 젊은 처녀로, 그녀의 커다란 두 눈은 경계의 빛을 가득 담고 매그레를 응시했다.

그녀는 실내 가운 차림이었다. 왼쪽 젖가슴이 그대로 들여다보였지만, 거기에 신경 쓰는 사람은 아무도 없었다.

「앉으세요! 우리 식사 좀 계속해도 되겠죠?」

나이가 마흔다섯이나 되었을까? 쉰? 아니면 그 이상?

뭐라고 단정 짓기 힘들었다. 뚱뚱한 체구, 여유 만만한 미소, 그녀에게선 자신감이 넘쳤다. 산전수전 다 겪어서 어떤 일이 닥친다 해도 눈 하나 끔쩍 않을 듯한 여자였다.

매그레가 무슨 용건으로 찾아왔는지 알기 위해서는, 단 한 번의 시선으로 충분했다. 심지어는 형사를 맞으러 일어서지도 않았다. 그녀는 넓적다리 요리에서 얇은 조각 몇 개를 큼직하게 잘라 내었다. 얼마나 기름이 자르르하니 먹음직스러워 보이는지 잠시 매그레의 시선까지 사로잡은 요리였다.

「그래요, 이렇게 오셨는데, 니스에서 오셨나요, 아니면 앙티브에서 오셨나요? 처음 보는 분 같은데…….」

「파리의 수사국이오.」

「아!」

그 차이를 이해했다는, 또한 방문객의 지위를 충분히 인정한다는 의미가 담긴 〈아〉였다.

「그럼 그게 사실이었나?」

「뭐가 말이오?」

「윌리엄이 뭔가 대단한 인물이었다는 거…….」

이제 매그레에게 선원의 옆모습이 보였다. 흔히 보는 수부는 아니었다. 그의 제복은 올이 섬세한 나사였다. 소매에는 금빛 장식 줄이 둘렀고, 챙 모자에는 어떤 클럽의 문장(紋章)이 그려진 방패 꼴 표지가 붙어 있었다. 그는 지금 여기에 있는 것을 거북해하는 기색이 역력했다. 자기 접시만 뚫어지게 내려다보면서 먹기만 했다.

「이분은 누구죠?」

「우린 항상 그를 얀이라고 부르죠. 난 그의 성이 뭔지도 몰라요⋯⋯. 아르데나호의 승무원이죠. 아르데나호는 매년 칸에 내려와 겨울을 나는 스웨덴 요트인데, 얀은 그 배의 급사장이에요⋯⋯. 그렇지, 얀? 이 양반은 경찰에서 나오셨어⋯⋯. 왜, 내가 윌리엄 얘기 해줬잖아?」

사내는 고개를 끄떡였지만, 그녀의 말을 제대로 이해하고 있는 것 같지는 않았다.

「이 사람, 그렇다고는 하는데, 내가 지금 자기한테 무슨 말 했는지 잘 몰라요!」 여자는 선원이 옆에 있는 것도 개의치 않고 거침없이 말했다. 「프랑스어가 영 익숙해지지 않나 봐요⋯⋯. 어쨌든 좋은 친구죠! 자기 나라에 마누라도 있고 애들도 있어요⋯⋯. 얀, 사진 좀 보여 드려! ⋯⋯그래, 사진 말이야!」

그러자 사내는 선원복 호주머니에서 사진 한 장을 꺼냈다. 문 앞에 앉아 있는 젊은 여자 하나와, 그 앞의 풀밭에서 놀고 있는 아기 둘의 사진이었다.

「쌍둥이예요!」 술집 여주인이 설명했다. 「얀은 이따금 우리 집에 먹으러 오죠. 여기 오면 우리가 자기 가족 같다나? 이 사람이 이 넓적다리 고기하고 복숭아도 사 온 거예요.」

매그레는 여전히 젖가슴 가릴 생각을 않고 있는 처녀를 쳐다봤다.

「그리고 이쪽은……?」

「얘는 실비예요. 윌리엄의 대녀죠.」

「대녀?」

「오, 교회에서 맺어진 건 아니고요! 그 사람이 얘 세례식에 참석한 일은 없으니까……. 근데 실비, 너 세례를 받기는 한 거야?」

「당연하지!」

그녀는 도통 식욕이 없는 듯한 얼굴로 음식을 깨작거리며, 여전히 경계에 찬 눈으로 매그레를 쳐다보고 있었다.

「윌리엄은 얘를 무척이나 좋아했어요……. 얘가 자기한테 신세타령을 늘어놓으면 위로해 주곤 했죠…….」

민걸상에 걸터앉은 매그레는 두 팔꿈치를 무릎 위에 괴고, 두 손으로 턱을 감싸 쥐고 있었다. 뚱뚱한 여인은 마늘 양념이 들어간 샐러드를 만드는데, 그게 완벽한 걸작이란 것은 보기만 해도 알 수 있었다.

「점심 식사는 하셨수?」

그는 거짓말을 했다.

「했어요…… 그러니까…….」

「배고프면 얼마든지 얘기해요……. 여기선 체면 차릴

필요가 없으니까……. 안 그래, 얀? ……이 사람 좀 봐요! 내가 무슨 말 하는지도 모르면서 〈그렇다〉고 대답하네. 난 이 북쪽 지방 사내들이 참 좋다니까!」

그녀는 샐러드를 한번 맛본 다음, 과일 향이 나는 올리브유를 약간 더 첨가했다. 그다지 청결하지 않아 보이는 식탁 위엔 식탁보도 덮여 있지 않았다. 부엌에는 아마도 중이층 방으로 통하는 것인 듯, 위쪽으로 뚫린 계단이 시작되고 있었다. 한쪽 구석에는 재봉틀도 보였다.

안뜰에는 햇빛이 가득했다. 그 때문에 환기창은 빛의 사각형으로 어둠 속에 눈부시게 떠올랐고, 그와는 대조적으로 여기는 차갑고 어둑한 구멍 속인 듯한 느낌이었다.

「질문 있으면 하세요. 실비도 다 알고 있으니까……. 그리고 얀은…….」

「이 바를 경영한 지 오래되셨소?」

「아마 15년 정도 됐을 거예요……. 남편이 영국 사람이었죠. 전직 곡예사였는데, 그래서 영국 선원들이, 그다음엔 뮤직홀[14] 연예인들이 손님으로 몰려왔죠. 남편은 9년 전 요트 경기 중에 익사했고요……. 배가 세 척이나 되고, 아마 반장님도 알고 계실 어떤 남작 부인을 위해 경기에

---

14 노래, 춤, 곡예, 마술, 촌극 등이 식사, 음료와 함께 제공되는 대중적인 공연 홀. 17세기 영국에서 발생했고 특히 19세기에 성행했으며, 영화가 일반화된 후에 쇠퇴하기 시작했다. 파리의 물랭루즈, 리도, 폴리베르제르 등도 이 뮤직홀의 일종이며, 휴양지인 칸에도 뮤직홀이 많았다.

참가했던 거죠.」

「그러고 나서는?」

「아무것도 안 했어요! 그냥 이 집만 지키고 있었죠.」

「손님은 많소?」

「그런 건 신경 안 써요. 그냥 친구들이 찾아오는 거죠. 얀이나 윌리엄 같은 친구들……. 그들은 내가 혼자고, 또 사람을 좋아한다는 것을 아는 거죠……. 그들은 와서 그저 술 한잔 해요. 쏨뱅이 몇 마리, 닭 한 마리 사 들고 오면 내가 끓여 주고요…….」

그녀는 빈 잔들에 술을 채우다가, 매그레에게 잔이 없는 것을 발견했다.

「실비! 반장님에게 잔 하나 갖다 드려야겠다.」

처녀는 아무 말 없이 일어나 바로 나갔다. 실내 가운 아래로는 알몸이었다. 샌들 속의 발도 맨발이었다. 지나가면서 매그레와 몸이 스쳤지만 사과도 하지 않았다. 그녀가 바에 나가 있는 짧은 시간을 틈타, 주인 여자는 나직이 말했다.

「신경 쓰지 마세요. 쟤는 윌[15]을 무척 좋아했어요……. 그래서 충격이 컸답니다.」

「저 아가씨, 잠은 여기서 자오?」

「어떤 때는 그렇고…… 어떤 때는 아니고…….」

15 윌리엄의 애칭.

「하는 일이 뭐요?」

그러자 여자는 힐난하는 듯한 눈으로 매그레를 쳐다보았다. 마치 이런 말을 하고 싶은 듯이. 〈아니, 명색이 수사국 반장이라고 하는 양반이, 나한테 그런 멍청한 질문을 하고 있어?〉

그녀는 곧바로 덧붙였다.

「오! 괜찮은 애예요. 사악한 구석이라곤 전혀 없어요.」

「윌리엄도 알고 있었소?」

또다시 아까의 그 시선……. 내가 이 매그레 반장이라는 사람을 잘못 본 거야? 이 양반, 정말 그 정도로 답답하고 순진한 거야? 그래, 이런 일을 시시콜콜히 다 설명해 줘야 하는 거야?

얀은 식사를 마쳤다. 그가 뭔가를 말하고 싶은 듯 어물거리는 꼴을 보고 여자가 눈치를 챘다.

「그래! 가보라고! 오늘 저녁에 다시 올 거야?」

「윗사람들이 카지노에 가면…….」

그는 일어서서, 전통 의식을 선뜻 마무리 짓지 못하고 머뭇거렸다. 하지만 여자가 이마를 내밀자, 그 위에 기계적으로 입술을 대는데, 매그레를 의식한 듯 얼굴이 뻘게졌다. 그는 잔 하나를 들고 돌아오는 실비와 마주쳤다.

「가요?」

「응…….」

그러고는 같은 방식으로 그녀에게 키스한 후, 매그레 쪽으로는 어색하기 짝이 없는 동작으로 보일 듯 말 듯 작별을 고했고, 그러는 통에 발이 계단에 부딪혔고, 결국에는 챙 모자를 고쳐 쓰면서 말 그대로 물속으로 뛰어들듯이 거리로 뛰쳐나갔다.

「대부분의 요트 선원과는 달리 요란한 술판은 별로 좋아하지 않는 사내예요……. 여기 오는 걸 더 좋아하죠.」

그녀도 식사를 마쳤다. 이제 두 팔꿈치를 식탁 위에 올려놓고 편안히 자리 잡았다.

「실비, 커피 좀 만들래?」

거리의 소음은 거의 들리지 않았다. 그 햇빛 가득한 네모가 없었더라면, 지금이 몇 시인지, 아니 밤인지 낮인지도 몰랐을 것이다.

벽난로 선반 위에 놓인 자명종 탁상시계 하나만이 시간의 흐름을 표시해 갔다.

「자, 알고 싶은 게 정확히 뭐죠? ……자, 건배해요! 이것도 윌리엄이 마시던 위스키죠.」

「아줌마 이름이 뭡니까?」

「자자……. 남자들은 날 짓궂게 놀리려고 〈뚱뚱이 자자〉라고도 하죠.」[16]

그러고는 식탁 위에 얹혀 있는 자신의 어마어마한 젖

16 〈자자〉는 〈자클린Jacqueline〉의 약칭이다.

무덤을 내려다보았다.

「윌리엄을 안 지는 오래되셨소?」

실비도 다시 제자리에 앉았다. 그러고는 턱을 손바닥에 받친 채 매그레에게서 눈길을 떼지 않았다. 실내 가운의 소매가 늘어져 접시에 잠겨 들었다.

「아주, 아주 오래전부터라고나 할까요……. 하지만 그의 성은 지난주에야 알게 됐죠……. 남편이 살아 있을 때는 이 리버티 바가 제법 유명한 장소였답니다. 항상 연예인들이 들끓었죠. 또 그들을 보려고 부자 손님들도 왔고요…….

특히 요트 주인들이 많았어요. 그들은 거의 모두가 화끈하게 놀기 좋아하는 괴짜들이죠……. 나는 그 시절에 윌리엄을 여러 번 본 기억이 나요. 하얀 챙 모자를 쓰고, 친구들과 예쁜 여자들을 몰고 다니는 사람이었죠.

그들은 떼 지어 몰려와서는 샴페인을 터뜨린다, 모두에게 술을 돌린다 하면서 새벽까지 놀다 가곤 했어요.

그러다 남편이 죽었죠. 난 한 달 동안 가게 문을 닫았어요. 어차피 시즌도 아니었으니까. 이어 온 겨울엔 복막염 때문에 꼬박 3주간 병원 신세를 져야 했죠.

그 틈을 타서 누군가가 또 다른 술집을 열었죠. 그것도 바로 선창가에다가요.

그때부터 여긴 조용해졌어요……. 난 구태여 손님을

끌려고 하지도 않았고요.

어느 날, 윌리엄이 다시 찾아왔어요. 그날에야 비로소 난 그를 제대로 알게 됐지요……. 우린 같이 술을 마셨어요. 이런 얘기, 저런 얘기 나누면서……. 그날, 그는 디방에서 잠을 잤어요. 몸을 가눌 수 없을 정도로 취해 버렸으니까……」

「여전히 요트맨의 모자를 쓰고 있던가요?」

「아뇨! 모습이 이전 같지 않았어요. 울적한 얼굴을 하고 있었죠……. 그날 이후, 그는 이따금 날 보러 오곤 했답니다.」

「그의 주소를 알고 계셨소?」

「아뇨. 난 그런 걸 캐묻는 성격이 아니에요. 그도 자기 일에 대해 말하는 법이 없었고요.」

「그는 여기서 오래 머물곤 했소?」

「사흘, 아니면 나흘……. 먹을 걸 가져왔어요. 장을 봐오라고 돈을 주기도 했고요. 어딜 가도 여기만큼 잘 먹을 수 있는 데가 없다고 주장하곤 했죠.」

매그레는 넓적다리 요리의 불그스름한 살코기며, 먹다 남은 향긋한 샐러드를 내려다보았다. 정말이지 먹음직스러웠다!

「실비는 그때부터 여기 있었소?」

「아니, 대체 무슨 생각을 하는 거예요! 저 애는 지금 스물한 살밖에 안 됐다고요!」

「그녀는 어떻게 알게 된 거요?」

실비가 고집스러운 표정으로 입을 꽉 다물자, 자자가
소리쳤다.

「야, 야, 반장님은 벌써 다 알고 계셔! ……윌리엄이 와
있던 어느 날 저녁이었어요. 둘이서 바에 앉아 있었죠. 그
런데 저 실비가 어디서 만났는지 모를 두 사내와 함께 들
어오더군요. 타지에서 출장 나온 방문 판매 사원, 뭐, 대
충 그런 종류의 사내들이었어요. 벌써 기분이 꽤나 좋아
보이더군요. 그들은 마실 걸 주문했어요……. 그녀는 한
눈에도 풋내기라는 게 느껴졌죠. 그녀는 사내들이 완전
히 취해 버리기 전에 데려가고 싶어 했어요. 하지만 경험
이 없어 어찌할 바를 모르더군요. 결국 일어날 일이 일어
나고야 말았죠. 결국 술이 곤드레가 된 두 사내는 그녀를
더 이상 챙기지 않고 여기다 버려두고 가버렸지요…….
그녀는 울었어요……. 그러면서 털어놓는데, 자기는 시즌
대목을 노리고 파리에서 내려왔는데, 지금 수중엔 여관
비 낼 돈조차 없다더군요……. 그래서 나하고 같이 잤어
요……. 그 이후로 여길 오는 버릇을 들이게 된 거죠.」

「요컨대, 이 집에 한번 들어온 사람은 모두가 그 버릇
을 들이게 되는구먼…….」 매그레가 웅얼거렸다.

그러자 늙은 여자는 활짝 웃으며 말했다.

「왜, 그러면 안 되나요? 여기야말로 만인의 안식처 아닌가요? 우린 쓸데없이 안달복달하지 않아요. 그저 인생 흘러가는 대로 하루하루를 담담히 보낼 뿐이죠⋯⋯.」

그녀의 말은 진심인 듯했다. 그녀는 젊은 여자의 가슴 쪽으로 천천히 시선을 내리는가 싶더니, 한숨을 푹 쉬었다.

「좀 더 건강하기만 하다면 얼마나 좋겠어! 또 갈비뼈가 앙상하게 튀어나왔네⋯⋯. 윌리엄은 자기가 돈을 댈 테니 한 달간 요양원에 들어가라고 말했지만, 얘는 도무지 말을 들으려 하질⋯⋯.」

「잠깐만요⋯⋯. 윌리엄하고⋯⋯ 이 아가씨는⋯⋯.」

실비 자신이 화를 벌컥 내며 대답했다.

「그런 일 없어요! 그렇지 않다고요!」

그러자 〈뚱뚱이 자자〉가 커피를 홀짝거리며 설명했다.

「그걸 밝히는 남자는 아니었어요. 특히 저 애와는⋯⋯. 물론 가끔씩은⋯⋯.」

「누구하고?」

「여자들요. 아무 데서나 낚아 오는 여자들⋯⋯. 하지만 그런 경우는 드물었어요. 그 사람이 워낙에 그런 데에 관심이 없어서⋯⋯.」

「지난 금요일에 그는 몇 시에 이곳을 떠났소?」

「점심 식사 후 곧바로요. 그게 오늘처럼 2시경일 거예요.」

「어딜 간다고 말하지 않습디까?」

「그런 얘기는 하는 법이 없었어요.」

「실비도 여기 있었소?」

「그 사람보다 5분 먼저 나갔죠.」

「어딜 갔었나?」 매그레가 당사자에게 물었다.

그러자 처녀는 한심하다는 듯이,

「참, 그걸 질문이라고……!」

「부두 쪽? 보통 거기서……?」

「거기도 가고, 다른 곳도 가요!」

「바에 다른 사람은 없었소?」

「아무도 없었어요. 날씨가 아주 더웠죠. 난 의자에 앉아 한 시간가량 낮잠을 잤고요.」

그런데 윌리엄 브라운이 차를 몰고 앙티브에 돌아온 것은 오후 5시가 넘어서 아니었던가!

「그는 이와 비슷한 다른 술집들을 드나들기도 했소?」

「아무데도요! 그리고 다른 집들은 이 집 같지 않아요!」

물론이었다! 이곳에 들어온 지 1시간밖에 되지 않은 매그레 자신도 이 집을 아주 오래전부터 알아 온 듯한 느낌이었다. 다른 집과 구별되는 특별한 점이 전혀 없기 때문인 걸까? 아니면 이 게으르고도 느슨한 삶의 분위기 때문일까?

일단 한번 앉으면 일어서서 떠나고 싶은 마음이 전혀

들지 않았다. 시간은 천천히 흘러갔다. 자명종 시곗바늘들은 뿌연 숫자판 위에서 나아가고 있었다. 그리고 환기창이 이룬 햇빛의 사각형은 서서히 줄어들고 있었다.

「신문을 봤어요……. 그때까지만 해도 윌리엄의 성도 모르고 있었죠. 하지만 사진을 보고 알아봤어요……. 실비와 난 울었죠……. 도대체 그 두 여자하고는 왜 같이 지냈던 걸까요? 우리 같은 처지에 있는 사람들이 이런 일에 엮이면 좋을 게 하나도 없죠, 안 그래요? 난 경찰이 들이닥치기만을 이제나저제나 하며 기다렸어요. 반장님이 맞은편 바에서 나오는 걸 봤을 때, 난 벌써 짐작했답니다.」

그녀는 천천히 말했다. 이따금 빈 잔을 채워 가면서. 그녀는 조금씩 술을 삼켰다.

「누군지 모르지만 그 짓을 한 자는 정말 형편없는 인간이에요. 왜냐면 윌리엄 같은 사내는 세상에 찾아보기 힘들거든요! 난 사람 볼 줄 알아요!」

「당신에게 자기 과거를 얘기한 적은 없소?」

그녀는 답답한 듯 한숨을 쉬었다. 이 매그레라는 작자는 정말로 이해 못 한단 말인가? 이곳은 바로 〈과거는 절대 얘기하지 않는 집〉이라는 사실을?

「내가 아는 사실은 단 하나예요. 그가 〈젠틀맨〉이라는 거……. 아주 부자였던, 그리고 어쩌면 아직도 부자일지도 모르는 남자……. 글쎄요, 잘 모르겠네요……. 어쨌든 그에겐 요트 한 척이 있었고, 하인들도 잔뜩 있었죠.」

「그가 슬퍼 보이던가요?」

그녀는 다시 한숨을 내쉰다.

「정말 이해 못 하겠어요? 아까 얀을 보셨잖아요. 그가 슬퍼 보이던가요? ……아녜요, 그런 게 아니에요. 내가 슬퍼 보이나요? ……하지만 우린 술을 마시잖아요. 그리고 두서없는 얘기를 늘어놓기도 하고, 그러다 보면 울고 싶기도 하잖아요…….」

실비는 나무라는 듯한 눈으로 그녀를 쳐다보았다. 아닌 게 아니라, 자신은 커피만 마신 데 반해, 뚱뚱이 자자는 벌써 독주를 세 잔째 기울이고 있었다.

「반장님이 오셔서 너무 좋네요. 이제 마음이 홀가분해요……. 우린 감출 것도, 거리낄 것도 전혀 없어요. 아무리 그래도 경찰이란 역시 쉬운 게 아니죠……. 그래요. 만일 칸 경찰서 같았다면 분명히 이 가게를 닫게 했을 거예요.」

「윌리엄은 돈을 많이 썼소?」

정말이지, 이 양반에게 상황을 이해시켜 주려다가 결국에 절망해 버리는 것은 아닐까?

「돈을 펑펑 뿌려 대진 않았지만 그렇다고 인색하게 굴지도 않았어요……. 먹을 것과 마실 것을 사 올 돈을 주곤 했죠. 때로는 가스와 전기 요금을 내주기도 했고, 실비에게 스타킹을 사라고 백 프랑을 주기도 했어요.」

매그레는 배가 출출했다. 그리고 그의 콧구멍에서 불과 수십 센티미터 떨어진 곳에 먹음직스러운 넓적다리가 놓여 있었다. 썰어 놓은 고기 조각 두 개가 쟁반에 담겨 있었다. 그는 그중 하나를 손가락으로 집어 들었다. 그러고는 자기 역시 이 집의 한 식구인 것처럼 계속 말을 해가면서 우물우물 씹었다.

「실비는 고객을 여기로 데려오나요?」

「그런 일은 절대 없어요. 그럼 이 가게 문을 닫아야 할 거예요……. 그런 용도의 호텔은 칸에 얼마든지 있어요.」

이어 그녀는 매그레의 눈을 들여다보며 덧붙였다.

「정말 반장님 생각으로도 그 여자들이 그 사람을…….」

순간, 그녀는 말하다 말고 고개를 돌렸다. 실비는 몸을 약간 일으켜 격자 유리문의 튈 커튼을 통해 바 쪽을 쳐다보았다. 바깥쪽 문이 열렸던 것이다. 곧바로 바를 가로질러 온 어떤 사내가 또 다른 문을 밀더니, 낯선 얼굴을 발견하고는 깜짝 놀라 멈춰 섰다.

실비는 일어섰다. 자자는 약간 붉어진 듯한 얼굴로 새로 온 사내에게 말했다.

「들어와! 여긴 윌리엄의 사건을 맡으신 반장님이셔.」

그리고 매그레에게도,

「친구예요……. 조제프라고, 카지노 웨이터죠.」

옷차림만 봐도 그럴 것 같았다. 회색 정장 밑에 받쳐

입은 하얀 디키,[17] 검정 넥타이, 그리고 반들거리는 구두.

「나중에 다시 올게……」 그가 말했다.

「아냐! 들어오라고!」

그는 썩 내키는 표정은 아니었다.

「지나는 길에 인사나 하려고 들렀어. 좋은 경마 정보가 하나 있어서……」

「경마 하시오?」 매그레는 웨이터 쪽으로 몸을 반쯤 돌리며 물었다.

「가끔요……. 정보를 주시는 손님들이 있거든요……. 시간이 없어서 가봐야겠습니다.」

그러고는 재빨리 퇴각하는데, 반장의 느낌으로는 그러면서 실비에게 어떤 신호를 보내는 것 같았다. 실비는 다시 자리에 앉았다. 자자가 한숨을 쉬었다.

「저 녀석 또 돈을 잃을 거야. 그렇게 나쁜 애는 아닌데……」

「난 옷 입어야겠어!」 실비는 이렇게 말하며 일어섰다. 실내 가운 자락 사이로 몸의 대부분을 훤히 드러냈지만 거기에 도발의 의도는 전혀 없었다. 세상에서 가장 자연스러운 일인 양 그랬을 뿐이다.

그녀는 계단을 올라갔고, 곧이어 중이층 방에서 그녀가 오가는 소리가 들려왔다. 매그레의 느낌으로는, 뚱뚱

17 붙이거나 뗄 수 있는 셔츠의 앞판 장식.

이 자자도 귀를 기울이고 있는 것 같았다.

「저 애도 이따금 장을 보러 가요……. 윌리엄이 죽어서 제일 손해 본 건 실비죠.」

매그레가 갑자기 벌떡 일어나더니 바를 지나서는 거리 쪽의 문을 왈칵 열어젖혔다. 조제프가 뒤도 돌아보지 않고 성큼성큼 멀어져 가는 가운데, 중이층의 창문 하나가 덜컥 닫혔다.

「왜 그러세요?」

「아무것도 아니오……. 그냥 어떤 생각이 떠올라서…….」

「술 한 잔 더 하실래요? 저 말이죠, 이 넓적다리 요리가 맘에 드신다면…….」

실비가 벌써 내려오고 있었다. 알아볼 수 없을 정도로 완전히 바뀐 모습이었다. 블루마린 색상의 투피스를 입은 그녀는 반듯한 처녀처럼 보였다. 하얀 실크 블라우스는 매그레가 조금 전에 그토록 오랫동안 봤던 그 떨리는 작은 젖가슴을 너무도 탐스럽게 만들어 놓았다. 꼭 끼는 치마는 좁다란 복부와 힘찬 엉덩이의 굴곡을 드러냈고, 실크 스타킹은 다리 위로 팽팽히 당겨져 있었다.

「저녁때 봐!」

그녀 역시 자자의 이마에 키스를 한 뒤, 매그레를 향해 돌아서서는 잠시 머뭇거렸다. 그에게 작별 인사도 하지 않은 채 그대로 나가 버리고 싶은 걸까, 아니면 욕이라도 한마디 퍼붓고 싶은 걸까?

아무튼 그녀는 적대적인 태도를 분명히 드러냈다. 굳이 꾸민 모습을 보이려고 하지 않았다.

「그럼 안녕히……. 나한텐 더 이상 볼일 없으시죠?」

태도가 뻣뻣하기 이를 데 없었다. 그녀는 잠시 기다리다가, 홱 문을 열고 단호한 걸음으로 떠나갔다.

자자는 잔들에 술을 채우며 웃었다.

「너무 신경 쓰지 마세요……. 저런 계집애들은 철이 없어서 아무 생각 없이 행동하니까. 내가 만든 샐러드 한 접시 맛보실래요?」

골목길 쪽으로 달랑 진열창 하나 나 있는, 눈가림, 껍데기에 불과한 텅 빈 바. 나선형 계단 위로는 잔뜩 어지럽혀져 있을 중이층 방. 그리고 햇빛이 조금씩 물러가고 있는 환기창과 안뜰…….

기묘한 우주였다. 그리고 이 우주의 중앙에서 지금 매그레는 향긋한 냄새 풍기는 샐러드 찌꺼기 앞에, 그 풍만한 젖무덤에 힘겹게 몸을 기대고 있는 것같이 보이는 어느 뚱뚱한 여인과 함께 앉아 있었다. 그녀는 한숨을 쉬며 이렇게 말했다.

「쟤 나이 때에는, 나도 이런 식으로 붙잡혀 있진 않았는데!」

이 말의 의미를 그녀가 구태여 설명할 필요는 없었다.

매그레는 너무나도 잘 상상할 수 있었다. 생드니 개선문이나 몽마르트르 구역 부근의 어딘가에서,[18] 엄격한 남자 친구가 어느 바의 유리창을 통해 감시하고 있는 야한 실크 드레스 차림의 그녀의 모습을…….

「하지만 지금은…….」

술을 너무 많이 마신 탓일까? 매그레를 쳐다보는 그녀의 두 눈이 축축해졌다. 입은 어린애처럼 뿌루퉁하니 튀어나오며 눈물을 예감케 했다.

「반장님은 그 사람을 생각나게 해요……. 거긴 그 사람이 앉던 자리죠……. 그 사람 역시 식사하기 위해 파이프를 접시 옆에 내려놨고요……. 어깨 모양도 똑같고……. 아세요? 반장님이 그 사람과 많이 닮았다는 거?」

그녀는 울지 않고 눈가를 훔치는 걸로 만족했다.

18 이 두 서민 구역은 전통적으로 매춘부들이 많은 곳으로 유명하다.

4
장시안

석양의 끈적거리는 공기가 다가오는 밤의 서늘함 속에 사위어 가고 있는, 분홍빛의 어중간한 때였다. 매그레는 손을 호주머니에 깊이 찌르고, 모자를 눈 위까지 푹 눌러 쓴 품으로, 다시 말해서 어떤 불건전한 장소에서 빠져나오는 사람처럼 리버티 바를 걸어 나왔다. 하지만 열 걸음 정도 걷고 나니 뒤를 돌아보고 싶어졌다. 지금 떠나고 있는 그 분위기가 분명히 현실이었음을 확인하고 싶은 듯이.

바는 분명히 거기 있었다. 보기 흉한 갈색으로 칠한 좁다란 전면이 노란 글씨의 간판을 이고서 두 개의 집 사이에 끼어 있었다.

진열창 뒤로는 화분이 하나 있었고, 아주 가까이에 고양이 한 마리가 잠들어 있었다.

자자도 잠들어 있으리라. 바의 뒷방, 분(分)들을 세고 있는 자명종 시계 옆에 혼자서.

71

골목길이 끝나는 곳에 이르니, 정상적인 삶 가운데 다시 태어나는 기분이었다. 상점들, 다른 이들과 같은 옷차림을 하고 있는 사람들, 자동차들, 전차 한 대, 순경 한 사람…….

그리고 오른쪽에는 크루아제트 가. 저녁 이즈음의 거리 풍경은 칸 관광 협회가 고급 잡지들에 싣는 홍보용 수채화들과 진정으로 흡사했다.

부드럽고도 평화로운 풍경이었다. 느긋한 걸음으로 산책하는 사람들…… 엔진이 없는 듯 소리도 없이 미끄러져 가는 자동차들…… 그리고 부두의 물 위에 떠 있는 저 모든 하얀 요트들…….

매그레는 피곤했고 머리가 띵했지만 앙티브로 돌아가고 싶지는 않았다. 그는 정처 없이 돌아다녔다. 이유 없이 걸음을 멈추었다가는, 아무 방향으로나 다시 출발하곤 했다. 마치 그의 존재 중의 의식의 부분은 아직도 자자의 그 아늑한 동굴에 남아 있기라도 한 듯이…… . 점심때 어느 착실한 스웨덴 승무원이 젖가슴을 드러낸 실비와 마주 앉아 있었던 그 식탁, 그리고 지금은 아직 치우지도 않았을 그 식탁 옆에 말이다.

10년의 세월 동안, 윌리엄 브라운은 매달 며칠씩을 거기서 보냈던 것이다. 그 뜨뜻한 게으름 속에서, 몇 잔 마시고 나면 훌쩍훌쩍 눈물짓다가는 의자에 앉은 채로 까

무룩 잠들어 버리는 그 자자 옆에서…….

「아, 맞아! 그건 장시안이야!」

매그레는 15분 전부터 스스로 의식조차 못한 채로 찾고 있던 것을 마침내 찾아내고는 얼굴이 환해졌다. 리버티 바에서 나온 이후, 그는 그것을 규정해 보고자, 다시 말해서 리버티 바에서 본 것들과 느낀 것들의 본질을 알아내고자 집요하게 애쓰고 있었다. 그리고 마침내 그걸 찾아낸 것이다! 자기가 한 친구에게 아페리티프를 한 잔 샀을 때, 그가 했던 말이 생각났다.

〈자네, 뭘 마실 건가?〉

〈장시안[19] 한 잔!〉

〈그게 요새 새로운 유행인가?〉

〈이봐, 이건 유행이 아냐! 이건 주정뱅이들의 최후의 수단이라고! 자네도 장시안이 뭔지 알잖아. 맛이 씁쓰레하지. 알코올 성분조차 별로 없어. 하지만 말이야, 30년 동안 온갖 술에 찌들다 보면 결국 남는 건 이놈뿐이더라고! 우리의 미뢰를 뭉클하게 만들 수 있는 건 오직 이 쓰디쓴 놈뿐이야…….〉

바로 이거였다! 더 이상 악행도, 악의도 없는 장소! 곧바로 부엌으로 들어갈 수 있고, 자자가 친근하게 맞아 주

19 용담이라는 식물의 뿌리로 담근 리큐어. 주로 아페리티프로 마신다.

는 집!

그리고 그녀가 뭔가를 요리하고 있는 동안 술잔을 기울이는 집! 손님 자신이 직접 이웃 정육점에 가서 싸구려 고기 한 토막을 사 오는 집! 실비가 잠이 덜 깬 눈에 반쯤 벌거벗은 몸으로 계단을 내려오면, 그 빈약한 젖가슴은 쳐다보지도 않고 이마에 키스를 한다.

별로 청결하지도 않고, 별로 밝지도 않았다. 많은 말이 오가지도 않았다. 열의 없는 대화는 맥없이 늘어지곤 했다. 그곳 사람들 자체가 그러하듯이…….

더 이상 바깥세상도, 번잡함도 없었다. 기껏해야 햇빛 들어오는 그 네모 창 하나…….

먹고, 마시고…… 꾸벅꾸벅 졸다가는, 실비가 일하러 나가려 옷을 입고, 허벅지 위로 스타킹을 당기고 있는 동안 또다시 마시고…….

〈조금 있다 봐요, 대부(代父)!〉

이것이 바로 친구가 말했던 그 장시안의 이야기가 아니던가? 그리고 리버티 바는 인생의 모든 것을 보았을 때, 못된 짓들까지 모두 해보았을 때 갈 수 있는 마지막 안식처 아니던가?

더 이상 아름다움도, 애교도, 욕구도 없는 여자들. 더 이상 욕구를 일으키지 않고, 스타킹을 사 신으라고 1백 프랑을 쥐여 주면서 이마에 키스해 주는 여자들……. 그네가 나갔다 들어오면 이렇게 묻는다.

〈일 잘했어?〉

매그레는 가슴이 약간 답답해졌다. 이제는 다른 것을 생각하고 싶었다. 그는 옅은 안개가 수면 몇 센티미터 위로 넓게 퍼져 나가고 있는 항구 앞에서 걸음을 멈췄다.

그는 소형 요트들과 경주용 돛배들 앞을 지나갔다. 그에게서 10미터 떨어진 곳에서 한 선원이 터키 고관의 것으로 보이는 거대한 증기선에서 초승달이 그려진 빨간 깃발을 내리고 있었다.

좀 더 가까운 곳에는 길이가 40여 미터나 되는 요트 한 척이 떠 있는데, 그 꽁무니에는 〈아르데나〉라는 금색 글자들이 새겨져 있었다.

자자의 집에서 본 스웨덴 사내의 얼굴이 머릿속에 떠오르는 걸 느끼며 고개를 들어 보니, 갑판 위에 흰 장갑을 끼고 등나무 테이블 위에 차가 담긴 쟁반을 내려놓고 있는 그의 모습이 보였다.

배 주인은 두 젊은 여자와 함께 난간에 팔꿈치를 기대고 서 있었다. 그는 멋진 치아를 드러내며 웃고 있었다. 그들과 매그레 사이에는 3미터 길이의 트랩이 가로놓여 있었고, 어깨를 으쓱하고는 그 트랩에 올라선 매그레는 승무원의 얼굴이 일그러지는 걸 보고 하마터면 웃음을 터뜨릴 뻔했다.

어떤 실제적인 필요성 때문이라기보다는, 그냥 뭔가를 해보기 위해, 혹은 생각하지 않기 위해 어떤 행동을 하는 때가 있는 법이다.

「실례합니다……」

요트 주인은 웃음을 멈추었다. 그는 매그레 쪽으로 몸을 돌리고 기다렸다. 두 여자도 마찬가지였다.

「한 가지 물어보고 싶은 게 있어서요. 혹시 브라운이라는 사람 아십니까?」

「배를 소유한 사람이오?」

「전에는 한 척 있었죠……. 윌리엄 브라운이라고…….」

사실 매그레는 대답 자체엔 별 관심이 없었다.

그는 상대방을 관찰했다. 느슨한 드레스 아래로는 거의 벌거벗은 것이나 다름없는 두 여자 가운데 선 그는 마흔다섯 살 정도였고, 정말이지 세련되고 우아해 보였다.

매그레는 속으로 중얼거렸다.

〈브라운도 이 사람 같았어. 화려한 드레스로 몸을 감싸고, 남자의 욕구를 자극하기 위해 치밀하게 계산하여 몸단장을 한 이런 예쁜 여자들에 둘러싸여 있었어. 그는 이들을 재미있게 해주려고 조그만 술집에 데려가고, 거기 있는 모든 손님들에게 샴페인을 돌리기도 했지…….〉

사내는 강한 외국어 억양으로 이렇게 대답했다.

「내가 생각하는 브라운이 맞는다면, 그는 과거에 저쪽

끝에 있는 큰 배를 가지고 있었어요……. 퍼시픽호 말입니다……. 하지만 저 배는 그 후로 벌써 두세 번은 팔렸을 거예요.」

「고맙습니다.」

사내와 두 여자는 매그레가 찾아온 의미를 제대로 이해하지 못했다. 그들은 멀어져 가는 그의 뒷모습을 바라보았고, 반장은 여자의 킥킥대는 웃음소리가 새어 나오는 걸 들었다.

퍼시픽호……. 그만한 크기를 가진 배는 항구에 단 두 척뿐이었고, 터키 깃발을 펄럭였던 배가 그중 하나였다.

하지만 퍼시픽호에서는 무언가 버려진 듯한 분위기가 느껴졌다. 칠이 벗겨져 철판이 벌겋게 드러난 데가 한두 곳이 아니었다. 황동으로 된 부분들에는 녹청이 퍼렇게 슬어 가고 있었다.

상갑판의 난간에는 보기에도 처량한 조그만 팻말 하나가 걸려 있었다. 〈배 팝니다.〉

요트의 선원들이 깨끗이 몸을 씻고, 병사들처럼 뻣뻣한 제복 차림으로 삼삼오오 무리 지어 시내로 놀러 나가고 있는 시간이었다.

아르데나호 앞을 다시 지나가게 된 매그레는 세 남녀의 시선이 자신에게 꽂히는 걸 느꼈다. 승무원도 배 어딘가에 숨어서 그를 엿보고 있으리라.

거리에는 불이 밝혀져 있었다. 정비소를 다시 찾아가는 데는 조금 힘이 들었다. 물어볼 것은 단 한 가지였다.

「브라운은 금요일, 몇 시에 자기 차를 찾으러 왔소?」

대답을 듣기 위해서는 정비공을 불러와야 했다.

5시 5분 전이라는 거였다! 다시 말해서, 그다음에는 부지런히 달려야 카프 당티브에 있는 자기 집에 들어갈 수 있었다.

「그는 혼자였소? 밖에서 기다리는 사람은 없었고? 그때 그가 부상을 입지 않은 상태였다는 게 확실하오?」

윌리엄 브라운이 리버티 바를 나온 때는 2시경이었다. 그렇다면 그 후 세 시간 동안 대체 무얼 했단 말인가?

매그레는 더 이상 칸에서 어정대고 있을 이유가 없었다. 그는 버스를 기다렸고, 버스 한구석에 몸을 실었으며, 전조등을 켠 자동차들이 줄지어 나아가는 대로의 풍경을 흐릿한 눈으로 바라보았다.

마세 광장에 이르러 차에서 내렸을 때, 처음 눈에 들어온 사람은 부티그 형사였다. 그는 글라시에 카페에 앉아 있다가 벌떡 일어났다.

「아이고, 아침부터 반장님을 찾아 헤맸습니다! 자, 여기 앉으세요. 도대체 무슨 일입니까? ……웨이터! 여기 페르노 두 잔!」

「난 아니야! 난 장시안 한 잔 줘!」 이 음료의 맛을 알아보고 싶었던 매그레가 주문을 정정했다.

「먼저 택시 기사들에게 물어봤습니다. 반장님을 태운 사람이 없다고 하기에, 다음에는 버스 기사들에게 물었죠. 그래서 반장님이 칸에 가셨다는 걸 알게 된 거죠!」

그는 속사포처럼 쏟아 내며 호들갑을 떨어 댔다.

매그레는 그런 형사를 자신도 모르게 왕방울만 하게 커진 그 특유의 눈으로 멀뚱히 지켜봤다. 하지만 그런 시선은 의식도 못 하는지, 작달막한 형사는 계속 떠들어 댔다.

「이 동네에서 점잖게 식사할 수 있는 레스토랑은 대여섯 곳뿐입니다. 식당마다 다 전화를 해봤습니다⋯⋯. 도대체 점심 식사는 어디서 하신 겁니까?」

만일 매그레가 진실을 말해 줬더라면 부티그는 기절초풍을 했으리라. 자자의 비좁은 주방에서 먹은 넓적다리 요리와 샐러드, 독주들, 그리고 실비에 대해 얘기해 줬더라면⋯⋯.

「수사 판사님은 반장님 의견 듣기 전에는 아무것도 안 하시겠다네요⋯⋯. 그런데 새로운 게 있습니다. 아들이 도착했어요.」

「아들이라니, 누구 아들?」

이렇게 말하고 매그레는 얼굴을 잔뜩 찡그렸다. 방금 장시안을 한 모금 삼킨 것이다.

「브라운의 아들 말입니다. 사건 발생 시에 암스테르담

에 있었답니다.」

정말이지 매그레는 머리가 너무나 아팠다! 정신을 집
중해 보려 애를 써봤지만, 좀처럼 그렇게 되지 않았다.

「브라운에게 아들이 있었소?」

「여럿 있습니다. 오스트레일리아에 사는 진짜 부인 사
이에서 얻은 아들들이죠. 그중 한 명만 유럽에 머물면서
양모에 관련된 일들을 하고 있어요.」

「……음, 양모?」

이때 부티그는 멍한 표정의 매그레에 대해 약간 실망
하고 있었으리라. 하지만 반장의 정신은 여전히 리버티
바에 가 있었던 것이다! 좀 더 정확히 말하자면, 그는 경
마를 한다는, 그리고 실비가 창문을 통해 뭔가를 말했던
그 카페 웨이터를 생각하고 있었다.

「네! 브라운 일가는 오스트레일리아 최대의 목장주입
니다. 그들은 양을 사육하고, 양모를 유럽에 수출하지요.
아들 중 하나는 목장을 관리하고요. 다른 하나는 시드
니에서 양모 발송을 맡습니다. 그리고 셋째는 유럽에서
이 항구 저 항구 돌아다니지요. 양모 도착하는 곳이 리
버풀, 르아브르, 암스테르담, 함부르크 등 여러 곳이니까
요……. 바로 이 셋째 아들이…….」

「그래, 그가 뭐라고 말했소?」

「최대한 빨리 자기 아버지를 매장해야 하고, 비용은 자

기가 댄다고요……. 아주 바쁜 사람인 모양입니다. 내일
저녁에 다시 비행기를 타야 한대요.」

「지금 앙티브에 있소?」

「아뇨, 쥐앙레팽에 있어요……. 특급 호텔에다 자기 혼
자 지낼 스위트룸을 잡았습니다……. 그는 밤새도록 전
화를 니스에 연결해 두고 있었던 모양입니다. 안트베르
펜, 암스테르담, 기타 등등과 전화 연락을 취하기 위해서
요…….」

「그는 아버지 별장을 방문했소?」

「제가 제의해 봤습니다. 하지만 거절하더군요.」

「그렇다면 그동안 뭘 한 거요?」

「판사님을 만났죠! 그게 답니다. 일이 빨리 처리될 수
있게 해달라고 계속 부탁했어요. 그리고 얼마인지를 묻
더군요.」

「얼마라니, 뭐가?」

「이 모든 일의 처리 비용이 얼마나 되느냐고요.」

매그레는 정신이 딴 데 가 있는 눈으로 마세 광장을 쳐
다봤다. 부티그는 계속했다.

「판사님은 하루 종일 집무실에서 반장님을 기다리셨
습니다. 그분은 부검이 이미 끝났기 때문에 매장 허가 요
청을 거부할 수 없었죠……. 아들 브라운은 세 번이나 전
화를 걸어 왔어요. 결국, 내일 아침 일찍 장례식을 할 수

있게 해주겠다고 약속했죠.」

「아침 일찍?」

「네. 사람들이 모이는 걸 피하기 위해서요. 그것 때문에 제가 반장님을 계속 찾은 겁니다. 오늘 저녁에 관을 닫을 거예요. 혹시 반장님이 관을 닫기 전에 브라운을 보고 싶으시다면…….」

「필요 없소!」

정말이었다! 매그레는 시신을 보고 싶지 않았다. 보지 않아도 윌리엄 브라운을 충분히 알고 있는 것이다.

카페테라스에는 다른 사람들이 앉아 있었다. 부티그는 여러 테이블에서 자신들을 지켜보고 있다는 걸 의식했지만, 그렇게 기분 나빠 하는 것 같지는 않았다. 어쨌든 그는 이렇게 속삭였다.

「우리, 좀 더 낮게 얘기하죠.」

「어디다 매장하고 싶어 하오?」

「그게…… 앙티브 공동묘지요……. 영구차가 아침 7시에 시체 공시소로 오기로 되어 있습니다. 이제 저는 아들 브라운에게 알려 주기만 하면 되겠네요.」

「두 여자는?」

「그건 결정된 게 전혀 없습니다. 하지만 아들이 좋아할까요……?」

「그가 잡은 호텔이 어디라고 했죠?」

「프로방살 호텔입니다. 그를 보고 싶으십니까?」

「자, 그럼 내일 봅시다!」 매그레가 작별을 고했다. 「당신도 내일 장례식에 오시겠지?」

지금 매그레의 기분은 아주 묘했다. 한편으로는 즐겁고도 유쾌했지만, 다른 한편으로는 무겁고도 우울했다……. 택시를 잡아타고 프로방살 호텔로 간 그를 우선은 수위가, 다음에는 소매 장식 줄을 두른 다른 직원이, 그리고 마침내는 데스크 뒤에서 매복하듯 앉아 있던 검은 옷의 비쩍 마른 젊은이가 맞아 주었다.

「브라운 씨요? ……지금 뵐 수 있는지 제가 가서 알아보겠습니다. 선생님 성함을 좀 알려 주시겠습니까?」

그러고 나서 벨소리들…… 어딘가로 달려갔다가 다시 달려오기를 반복하는 벨 보이……. 이 모든 과정은 최소한 5분간 계속됐고, 그런 다음 누군가가 매그레를 데리러 와서는 끝없이 이어지는 복도들을 지나 37호실이라고 쓰인 어느 문 앞까지 인도했다. 타자기 두드리는 소리가 문 뒤에서 들렸다. 그리고 어떤 짜증 난 목소리.

「들어와요!」

매그레는 아들 브라운과 마주하고 있었다. 세 아들 중, 양모 기업의 유럽 지부를 맡고 있다는 그 사내와.

나이는 가늠하기 어려웠다. 서른 살일 수도, 마흔 살일 수도 있었다. 키가 크고 마른 체격이었다. 말끔하게 면도된 얼굴은 벌써 산전수전 다 겪은 사람처럼 노숙해 보였다. 나무랄 데 없는 정장 차림에, 흰 줄무늬가 들어간 검은 넥타이에는 진주 한 알이 꽂혀 있었다.

무질서나 의외성 같은 것은 그림자도 느껴지지 않았다. 모발의 엄격한 대열에서 벗어난 머리칼은 단 한 올도 없었다. 방문객을 보고도 얼굴 근육 하나 움직이지 않았고.

「잠깐만 기다려 주시겠습니까? ……일단 여기 앉으세요.」

루이 15세풍의 탁자에 앉아 있는 여자 타자수 하나. 그리고 영어로 전화 통화 중인 남자 비서 하나.

그리고 아들 브라운은 영어로 전보문 구술해 주는 것을 마저 끝내고 있었는데, 항만 인부 파업으로 인한 손해배상에 관련된 내용인 듯했다.

비서가 그를 불렀다.

「브라운 씨!」

그러고는 전화 수화기를 건네주었다.

「여보세요! ……여보세요! ……예스!」

그는 상대의 말을 한 번도 끊지 않고 오랫동안 듣고 난 후, 결국 단호한 한마디와 함께 수화기를 내려놓았다.

「노우!」

그는 벨을 누른 다음, 매그레에게 물었다.

「포르토 한 잔 하시겠습니까?」

「괜찮습니다.」

이렇게 대답했건만 호텔 급사장이 나타나자 그는 다음과 같이 주문했다.

「여기 포르토 한 잔!」

그는 이 모든 일들을 아주 차분하게, 하지만 동시에 아주 심각한 얼굴로 처리해 가고 있었다. 자기가 하는 행동하나, 몸짓 하나에, 자기 얼굴의 가장 미세한 떨림 하나에 전 세계의 운명이 달려 있기라도 한 듯이.

「내 침실에 가서 타이핑하도록 해요!」 그는 옆에 붙은 방을 가리키며 타자수에게 지시했다.

이어 비서에게는,

「전화를 걸어 수사 판사에게 그걸 물어봐요!」

마침내 자리에 앉은 그는 한 다리를 무릎 위에 올려놓으며 한숨을 쉬었다.

「피곤하네요. 반장님이 수사를 맡게 되셨나요?」

그런 다음 급사가 가져온 포르토 잔을 매그레에게 내밀었다.

「이거 아주 우스꽝스러운 이야기네요. 안 그렇습니까?」

「그렇게 우스꽝스러운 얘기는 아니죠!」 매그레는 얼굴을 약간 찌푸리며 불만스레 내뱉었다.

「골치 아픈 얘기란 뜻입니다.」

「물론이오! 등에 칼을 맞고 죽는 것은 언제나 골치 아픈 일이지…….」

젊은 사내는 조급한 마음을 참지 못하겠는지 벌떡 일어나더니 옆방 문을 열고는 영어로 뭐라고 지시하는 것 같더니만, 다시 매그레에게로 돌아와 담배 상자를 내밀었다.

「고맙소만, 난 파이프만 피웁니다.」

그러자 상대방은 외다리 탁자 위에서 파이프용 영국제 담배 상자를 집어 들었다.

「난 회색 담배[20]를 애용해요!」 매그레는 호주머니에서 담배쌈지를 꺼내며 말했다.

브라운은 큰 걸음으로 방 안을 왔다 갔다 했다.

「알고 계시죠? 제 선친께선 매우…… 불미스러운 삶을 사셨습니다.」

「정부가 하나 있었죠.」

「다른 것도 있었습니다! 다른 것들이 아주 많이 있었죠! 반장님께선 그걸 아셔야 할 필요가 있습니다. 그렇지 않으면 반장님께선…… 프랑스어로 그걸 뭐라고 하죠? ……그래요, 〈실수〉를 범할 수 있으니까요.」

전화벨 소리에 그의 말이 중단됐다. 비서가 달려와 이

20 회색 종이로 포장한 서민용의 싸구려 담배이다.

번에는 독일어로 응답하는 가운데, 브라운은 그에게 어떤 부정적인 신호를 보냈다. 통화는 오랫동안 계속되었다. 브라운은 조급해졌다. 비서가 빨리 통화를 끝내지 못하자, 젊은 사내가 직접 가더니 수화기를 빼앗아 그대로 전화를 끊어 버렸다.

「선친은 오래전에 제 모친 없이 혼자서 프랑스에 오셨습니다……. 그리고 우리 집을 거의 파산시켜 놓았죠.」

브라운은 한자리에 가만히 붙어 있지 못했다. 말을 계속하면서 걸어가, 비서가 일하고 있는 자기 침실 방문을 다시 닫았다. 그는 포르토 잔을 손가락으로 가리켰다.

「안 드십니까?」

「괜찮소!」

그는 뭔가 답답한 듯이 어깨를 으쓱했다.

「우리는 법정 후견인을 지명했어요……. 제 모친은 몹시 불행하셨죠……. 그분은 일을 많이 하셨습니다.」

「아! 그럼 모친께서 사업을 다시 일으키셨습니까?」

「네! 숙부님과 함께요.」

「숙부님이란 물론 자당의 형제분이시겠죠?」

「예스! 제 부친께선…… 품위를…… 네, 품위를 상실하셨습니다. 그러니 그분에 대해선 너무 많이 얘기하지 않는 편이 낫겠습니다…… 제 말 이해하시죠?」

매그레는 그에게서 시종 눈을 떼지 않고 있었고, 그것

이 젊은 사내를 참을 수 없게 만드는 모양이었다. 특히 그 무거운 시선은 의중을 가늠하기 힘든 까닭이었다. 거기엔 아무 뜻도 없는 것일까? 아니면 반대로 무언가 무서운 위협을 담고 있는 것일까?

「한 가지 질문하겠습니다, 브라운 씨. 짐을 보아하니 성함이 해리 브라운 씨군요. 수요일, 즉 그제는 어디에 있었죠?」

대답을 듣기 위해서는 젊은 사내가 방을 끝에서 끝까지 뚜벅뚜벅 두 번 가로지를 때까지 기다려야 했다.

「지금 무슨 생각을 하시는 거죠?」

「난 아무 생각도 하지 않아요. 그냥 당신이 어디 있었느냐고 묻고 있을 뿐입니다.」

「그게 중요한가요?」

「중요할 수도 있고, 중요하지 않을 수도 있죠.」

「마르세유에 있었습니다. 글라스코호가 도착해서요. 우리나라에서 양모를 싣고 온 배입니다. 지금은 암스테르담에 있는데, 항만 인부 파업 때문에 하역을 못 하고 있는 상태죠.」

「아직 부친의 시신을 못 보셨나요?」

「못 봤습니다……」

「질문을 또 하나 하겠습니다. 마지막 질문이에요. 누가 부친께 연금을 보내 주셨죠? 그리고 액수는 얼마나 됐습니까?」

「제가 보내드렸어요. 월 5천 프랑씩입니다……. 이걸 신문에 밝힐 건가요?」

여전히 타자 치는 소리가 들리고 있었다. 행이 끝남을 알리는 〈땡〉 소리, 그리고 나르개를 제자리로 돌릴 때의 덜컹하는 소리들과 함께.

매그레는 일어서서 모자를 집어 들었다.

「고맙습니다!」

브라운은 깜짝 놀란 표정을 지었다.

「그게 전부입니까?」

「그게 전부입니다. 고맙습니다…….」

전화벨이 다시 울렸지만 젊은 사내는 수화기를 들어 올릴 생각을 못 했다. 그는 문 쪽으로 향하는 매그레를 믿을 수 없다는 듯 멍하니 쳐다보았다.

그러다가 절망스러운 표정을 지으며 탁자 위에 놓인 봉투 하나를 집어 들었다.

「이건 제가 준비한 건데, 경찰에서 좋은 일 하는 데 쓰시라고…….」

매그레는 벌써 복도에 나와 있었다. 그리고 잠시 후 그는 화려한 층계를 내려와 제복 차림 벨 보이의 인도를 받으며 로비를 가로질렀다.

저녁 9시, 그는 바콩 호텔 식당에 혼자 앉아, 전화번호부를 뒤적거리며 식사를 하고 있었다. 그는 칸의 세 개의 번호에 전화 통화를 요청했다. 세 번째 번호에 가서야 상대가 전화를 받았다.

「네, 옆집인데요…….」

「좋아요! 부탁 좀 드리겠소. 장례식이 내일 아침 7시에 앙티브에서 있을 예정이라고 자자 부인에게 알려 주시겠소? ……그래요, 장례식! ……그녀는 무슨 말인지 이해할 거요.」

그는 식당 안을 조금 서성거렸다. 창문을 통해 5백여 미터 떨어진 곳에 두 개의 창문에 불이 밝혀진 브라운의 하얀 별장이 보였다.

아, 저기까지 가야 하나……?

아니! 무엇보다도 그에겐 잠이 필요했다!

「저 사람들, 전화가 있겠지?」

「네, 반장님! 제가 전화 걸어 드릴까요?」

작달막한 키의 선량한 젊은 하녀는 쪼르르 쪼르르 방 안을 돌아다니는 생쥐를 연상케 했다.

「반장님! 그 두 부인 중 한 분이 전화를 받으셨어요!」

매그레는 수화기를 받아 들었다.

「여보세요! ……나 반장입니다. ……네, 찾아뵐 수가 없었습니다. 장례식이 내일 아침, 7시에 있어요. ……뭐라고요? ……아닙니다, 오늘 저녁엔 안 됩니다. 일이 좀 있

90

어서요……. 안녕히 주무세요, 부인……」

전화를 받은 건 노파 쪽인 듯했다. 십중팔구 그녀는 황급히 딸에게 달려가 이 소식을 전하고 있으리라. 그리고 두 여자는 자기들이 어떻게 행동해야 할지를 심각하게 의논하리라…….

바콩 호텔 여사장이 간드러지는 미소를 머금고서 식당에 들어왔다.

「부야베스[21]가 마음에 드셨나요? ……반장님을 위해 특별히 준비시킨 거랍니다. 왜냐하면……」

「아, 물론이죠! 훌륭했어요! 대단했어요!」 그는 예의 바른 미소와 함께 서둘러 대답했다.

하지만 사실은 아무것도 기억하지 못했다. 요리는 부티그 형사, 버스, 정비소 등, 쓸데없는 것들이 뒤죽박죽으로 섞여 있는 어두운 그늘 속에 잠겨 있었던 것이다.

음식에 관해서라면 단 한 가지가 머릿속을 떠다니고 있었다. 바로 자자의 넓적다리 요리였다……. 마늘 냄새 그윽한 샐러드와 함께 말이다.

잠깐! 또 한 가지 있었다! 그가 프로방살 호텔에서 마시지 않은 포르토의 냄새, 아들 브라운의 밍밍한 화장품 냄새와 너무 짝이 잘 맞는 그 들척지근한 포르토 냄새 역

---

21 작은 생선과 조개, 가재 등 각종 어패류를 넣고 끓인 걸쭉한 스프. 일종의 해물 잡탕으로 코트다쥐르 지방의 명물 요리이다.

시 아직 코끝에 남아 있었다.

「내 방에 비텔[22] 한 병 올려 줘요!」 층계를 오르며 그가
소리쳤다.

22 프랑스의 대표적인 광천수 중 하나.

5

윌리엄 브라운의 장례식

햇살은 벌써부터 머리가 핑 돌 정도였다. 거리의 덧창들은 아직 닫혀 있고 보도에도 인적이 없었지만, 장터의 삶은 이미 시작되고 있었다. 일찌감치 일어나 긴 하루를 앞에 두고서, 부산을 떨어 대기보다는 우선은 이탈리아어나 프랑스어로 소리만 질러 대며 시간을 보내고 있는 상인들의 경쾌하면서도 태평스러운 삶이었다.

시장 한가운데는 시청의 노란 전면과 이중의 현관 계단이 우뚝 솟아 있었다. 그 지하에 숨어 있는 것은 시체 공시소였고…….

7시 10분 전, 거기에 영구차 한 대가 멈춰 섰다. 넘치는 꽃과 야채들 한가운데서 너무도 기괴하게 보이는 시커먼 영구차였다. 거의 동시에 도착한 매그레는 부티그가 허겁지겁 달려오는 것을 보았다. 10분 전에 겨우 일어난 듯한 그는 조끼의 단추도 제대로 채우지 못한 몰골이었다.

「뭔가 마실 시간이 있겠는데요……. 아직 아무도 안 왔어요.」

그러고는 조그만 바의 문을 밀고 들어가서는 럼주를 주문했다.

「근데 말이죠, 일이 아주 복잡했어요……. 브라운의 아들내미는 자기가 관 비용으로 얼마나 낼 수 있는지 정확히 말하지 않았어요. 그래서 어제저녁에 전화를 걸었죠. 그가 대답하기를, 비용은 얼마나 되든 상관없지만 반드시 고급품이어야 된대요. 그런데 앙티브에는 참나무 거목으로 만든 관이 하나도 안 남아 있는 거 있죠……. 저녁 11시 반에 부랴부랴 칸에 전화를 걸어야 했어요……. 그러고 나서 장례식은 어떻게 할 건가 생각해 봤지요. 교회를 거칠 것인가, 말 것인가? 프로방살 호텔에 전화를 걸어 봤더니 브라운이 잠자리에 들었다는군요……. 그래서 제 재량으로 처리했죠……. 자, 저길 보세요!」

그는 거기서 1백여 미터 떨어진 곳을 가리켰다. 장터 광장 너머에 보이는 교회의 정문에 검은 휘장이 드리워져 있었다.

매그레는 그냥 입을 다무는 편을 택했다. 하지만 아들 브라운은 가톨릭보다는 프로테스탄트 같다는 것이 그의 느낌이었다.

좁다란 길로 들어가는 모퉁이에 위치한 바는 양쪽 전

면에 문이 하나씩 나 있었다. 매그레와 부티그가 한쪽 문으로 나오고 있을 때 한 사내가 다른 문으로 들어갔고, 반장의 눈길은 그의 시선과 딱 마주쳤다.

칸의 카페 웨이터라는 조제프였다. 그는 인사를 해야 하나 말아야 하나 잠시 고민하는 표정이더니, 결국 애매한 손짓을 슬쩍 보내는 것으로 만족했다.

매그레는 조제프가 자자와 실비를 앙티브에 데려왔으리라 짐작했다. 그의 생각은 틀리지 않았다. 두 여자가 반장 앞을 지나 영구차 쪽으로 향하고 있었다. 자자는 몹시 숨이 찬 듯 헐떡거렸다. 실비는 장례식에 너무 늦은 것은 아닌가 하는 불안한 표정으로 뚱뚱한 여인의 손을 잡아끌고 있었다.

실비는 그녀를 반듯한 처녀처럼 보이게 하는 그 파란 정장 투피스 차림이었다. 한편, 자자는 걷는 것이 익숙지 않은 걸음걸이였다. 어쩌면 발이 몹시 약하든지, 아니면 어떤 질병으로 다리가 잔뜩 부은 건지도 몰랐다. 그녀는 몹시 번쩍거리는 검은 실크 드레스 차림이었다.

그네는 첫 버스를 타기 위해 새벽 5시 반에 일어나야 했던 것은 아닐까? 분명히 리버티 바에서는 처음 있는 일이었으리라!

부티그가 물었다.

「누구죠?」

「글쎄요…….」 매그레가 말을 흐렸다.

하지만 그 순간, 영구차 가까이에 이른 두 여자는 뒤돌아섰다. 그러고는 반장을 발견한 자자가 그에게로 달려왔다.

「우리가 늦은 건가요? 그는 어디 있죠?」

실비의 눈가는 거멓게 죽어 있었고, 매그레에게는 여전히 그 적대적인 태도로 몸을 사렸다. 반장이 물었다.

「조제프와 같이 온 거요?」

그녀는 거짓말을 하려고 했다.

「누구한테서 그런 말을 들었나요?」

부티그는 조금 떨어진 곳에 서 있었다. 이때 택시 한 대가 매그레의 눈에 들어왔다. 차는 장터 사람들을 뚫고 오지 못하고 거리 한편에 멈춰 섰다.

거기서 내린 두 여자에게 장터 전체의 이목이 쏠렸다. 그네가 입고 온, 거의 땅바닥까지 늘어진 크레이프 베일이 달린 정식 상복 때문이었다.

이 햇빛 속에서, 이 즐거운 삶의 웅성거림 속에서는 뜻밖의 광경이었다. 매그레는 자자에게 속삭였다.

「잠깐만 실례하겠소.」

부티그는 초조해했다. 그는 빨리 관을 내오고 싶어 안달하는 장의사 인부에게 잠깐만 기다려 달라고 말했다.

「우리 늦지 않았나요?」 노파가 물었다. 「저놈의 택시

96

가 제시간에 오질 않아서…….」

그리고 곧바로 그녀의 시선은 자자와 실비를 포착했다.

「저게 누구죠?」

「몰라요.」

「설마 저 여자들이 이 장례식에 끼어들지는…….」

다시 택시 한 대가 도착했다. 차가 완전히 서기도 전에 차 문이 벌컥 열리면서 해리 브라운이 내렸다. 말끔하게 뒤로 빗어 넘긴 금발, 싱싱한 얼굴에, 온몸을 검정 양복으로 휘감은 흠 잡을 데 없는 모습이었다. 역시 검은 양복 차림의 그의 비서는 생화로 만든 화환을 들고 있었다.

바로 그때, 매그레는 실비가 사라진 것을 알아챘다. 주위를 둘러보니 시장 한복판, 꽃바구니들을 늘어놓은 꽃장수 옆에 서 있었고, 잠시 후에는 어마어마하게 큰 제비꽃 한 다발을 들고 돌아왔다.

그 광경을 보고 상복 차림의 두 여자도 그쪽을 다녀올 생각을 한 것일까? 그들은 꽃 장수 쪽으로 다가가면서 뭔가를 의논하는 듯 보였다. 노파는 동전을 셌고, 젊은 여자는 미모사를 선택했다.

한편 영구차에서 몇 미터 떨어진 곳에 멈춰 선 브라운은 매그레와 부티그 쪽으로 다가오지는 않고, 슬쩍 인사를 보내는 것으로 만족했다.

「내가 자기 아버지 면죄 기도식 절차를 어떤 식으로 짜

났는지 미리 알려 주는 게 좋겠군⋯⋯.」 부티그는 한숨을 쉬었다.

교회와 가장 가까운 곳에 있는 시장 사람들은 각자의 리듬을 늦추고 벌어지는 광경을 눈으로 좇았다. 하지만 거기서 불과 20미터만 떨어져도 평소의 소음과 외치는 소리들과 웃음소리들이 계속되고 있었다. 또 햇빛 속의 그 모든 꽃들, 과일과 야채들, 그리고 마늘과 미모사의 냄새도 여전했다.

네 명의 인부가 청동 장식으로 뒤덮인 어마어마한 관을 떠메고 나왔다. 브라운에게 갔었던 부티그가 돌아왔다.

「어떻게 하든 상관없는 모양이에요⋯⋯. 그냥 어깨만 으쓱하더군요.」

군중이 양옆으로 갈라졌다. 말들이 걷기 시작했다. 모자를 벗어 든 해리 브라운은 뻣뻣한 동작으로 반짝이는 자신의 구두코만 내려다보며 나아갔다.

네 여자는 머뭇거렸다. 그들은 시선을 교환했다. 그리고 군중이 다시 합쳐짐에 따라 그네는 어쩔 수 없이 아들 브라운과 그의 비서 바로 뒤에 한 줄로 나란히 서게 되었다.

교회의 문들은 활짝 열려 있었지만, 그 안은 텅 비어 있었고, 감미로운 서늘함만이 가득했다.

인부들이 영구차에서 관대(棺臺)를 내리는 동안 브라

운은 현관 계단 윗부분에 서서 기다렸다. 그는 이런 의식들에 익숙한 모양이었다. 만인의 시선을 한 몸에 받는 이런 상황이 조금도 거북하지 않은 듯했다.

오히려 한술 더 떠서 지나친 호기심은 드러내지 않으면서 네 여인을 차분하게 지켜봤다.

면죄 기도식에 관련된 지시 사항들이 너무 늦게 전달된 모양이었다. 오르간 연주자에게 알리는 것을 잊었다는 사실은 그의 순서가 되어서야 알게 되었다. 사제는 부티그를 불러서 나지막이 뭔가를 말했고, 제의실에서 돌아온 형사는 유감스러운 표정으로 매그레에게 말했다.

「음악은 없을 거예요……. 오르간 주자를 불러오려면 최소한 15분은 기다려야 한답니다……. 게다가 그 친구는 지금 고등어 낚시 중인 모양이고요.」

몇몇 사람이 교회 안에 들어와 휙 둘러보고는 다시 나가곤 했다. 그리고 브라운은 여전히 그 뻣뻣한 자세로 서서는, 여전히 차분한 그 호기심으로 주위를 둘러보고 있었다.

오르간 연주도, 성가대 노래도 없이 후다닥 끝나 버린 면죄 기도식이었다. 작은 무리는 한 사람씩 돌아가며 성수를 뿌렸다. 그리고 곧바로 네 인부는 관을 메고 나갔다.

바깥은 벌써부터 공기가 훈훈했다. 행렬은 하얀 가운차림의 조수가 덧창들을 올리고 있는 이발소 진열창 앞을 지났다. 한 남자가 창문을 활짝 열어 놓고 그 앞에서 면도 중이었다. 그리고 일터로 향하던 사람들은 이 너무나도 보잘것없는 장례 행렬을 놀란 눈으로 뒤돌아봤다. 최고급의 화려한 영구차, 그리고 그것과는 전혀 어울리지 않는 가소로운 호위대가 이루는 그 기이한 행렬을.

칸의 두 여자와 앙티브의 두 여자는 여전히 한 열을 이뤄 걸었지만, 1미터 거리로 서로 떨어져 있었다. 빈 택시 한 대가 그들 뒤를 따랐다. 의식을 책임진 부티그는 초조한 기색이었다.

「불미스러운 일이 없을까요?」

그런 일은 일어나지 않았다. 꽃이 가득한 공동묘지는 장터만큼이나 명랑했다. 거기에 도착해 보니 입을 쩍 벌린 구덩이 가까이에 사제와 성가대 소년 하나가 어느새 와서는 기다리고 있었다.

구덩이를 메울 흙 첫 삽은 해리 브라운의 몫이었다. 그러고는 사람들 사이에 약간의 머뭇거림이 있었다. 노파는 자기 딸의 등을 떠밀고는, 자신도 그 뒤를 따랐다.

브라운은 성큼성큼 걸어서 공동묘지 입구에서 기다리고 있는 택시로 갔다.

또다시 머뭇거림. 매그레는 부티그와 함께 한쪽에 떨어져 있었다. 자자와 실비는 그에게 작별 인사를 하지 못한 채로는 차마 갈 수 없는 듯이 보였다. 그러고 있는데

상복 차림의 여자들이 먼저 다가왔다. 지나 마르티니는 베일 아래로 공처럼 뭉쳐진 손수건을 굴리면서 울고 있었다.

그녀의 어머니는 의심이 가득한 눈으로 반장에게 물었다.

「저 사람이 아들이죠? ……저이가 별장에 오려고 할 것 같은데요?」

「그럴 수도 있겠죠! 난 잘 모르겠습니다…….」

「반장님은 오늘 우리 집에 오실 건가요?」

하지만 그녀의 눈이 살피고 있는 것은 자자와 실비뿐이었다. 오직 그들에게만 관심이 있었다.

「대체 저 여자들은 어디서 튀어나온 거죠? 저런 것들은 여기에 받아들이지 말았어야…….」

나무마다 새들의 노랫소리가 요란했다. 묘지 인부들은 규칙적인 리듬으로 흙을 뿌렸고, 구덩이가 메워져 감에 따라 흙이 떨어지는 소리는 점차로 퍽퍽해졌다. 화환과 두 개의 꽃다발은 작업이 끝날 때까지 임시로 옆 무덤 위에 놓아둔 채였다. 그리고 실비는 무덤 쪽을 향해 꼼짝않고 서 있었다. 시선은 돌처럼 고정되었고, 핏기 잃은 입술은 새하앴다.

자자는 답답해하는 빛이 역력했다. 매그레와 얘기를 나누기 위해 두 여자가 떠나기만을 기다리고 있었다. 그녀는 손수건으로 연신 땀을 훔쳤다. 날씨가 무척이나 더 웠던 것이다. 그리고 몸을 지탱하고 서 있기가 몹시 힘든 듯이 보였다.

「네, 조금 있다가 두 분을 뵈러 가죠.」

검은 베일들은 출구 쪽으로 멀어져 갔다. 자자는 긴 안도의 한숨과 함께 다가왔다.

「저 여자들이에요? ……그는 진짜로 결혼했던 건가요?」

실비는 뒤쪽에 남아서 거의 다 메워진 구덩이를 아직도 바라보고 있었다.

그리고 이번에는 부티그가 몸을 비틀고 있었다. 하지만 대화를 들으러 선뜻 다가오지는 못했다.

「관 비용은 아들이 댔나요?」

자자가 뭔가 편해 보이지가 않았다.

「정말 이상한 장례식이에요! 왜 그런지는 모르겠지만, 난 장례식을 이런 식으로 상상하진 않았어요……. 울고 싶었다 해도, 제대로 울 수조차 없었을 거예요…….」

그리고 이제야 감정이 북받치는 모양이었다. 그녀는 묘지를 쳐다보았고, 어떤 알 수 없는 불안감에 사로잡혔다.

「이건 슬프지조차 않았어요! 꼭 무엇 같았냐면…….」

「그래, 무엇 같았소?」

「모르겠어요……. 이건 마치 진짜 장례식이 아닌 것 같은…….」

그리고 그녀는 터져 나오는 한줄기 오열을 억누르고, 눈가를 훔치고, 실비 쪽으로 몸을 돌렸다.

「가자…… 조제프가 기다린다…….」

묘지 관리인이 자기 집 문턱에 앉아 붕장어 한 마리를 토막 내고 있었다.

「반장님은 이 사건에 대해 어떻게 생각하시죠?」

부티그는 약간 찌푸린 표정이었다. 그 역시 여기에 뭔가 삐걱거리는 게 있다는 것을 어렴풋하게나마 느끼고 있었다. 매그레는 파이프에 불을 붙였다.

「난 윌리엄 브라운이 살해되었다고 생각하오!」

「아, 그야 물론이죠!」

그리고 두 사람은 정처 없이 거리를 거닐었다. 상점 진열창들 위로는 벌써 차일에 쳐져 있었다. 아침에 본 이발사는 이발소 문 앞에 앉아 신문을 읽고 있었다. 마세 광장에서는 칸의 두 여자와 조제프가 버스를 기다리고 있는 게 보였다.

「카페테라스에 앉아서 뭣 좀 마실까요?」 부티그가 제의했다.

매그레는 동의했다. 그는 거의 고통스럽기까지 한 게으름에 사로잡혔다. 무수한 이미지들이 망막에 줄지어 지나가면서 서로 뒤섞이는데, 그것들에 어떤 질서를 부여해 보려는 시도조차 할 수가 없었다.

예를 들면 이런 상태이다……. 글라시에 카페의 테라스에서 그는 눈을 반쯤 감고 앉아 있었다. 태양은 눈꺼풀을 뜨겁게 달구었다. 서로 맞닿은 위아래의 속눈썹은 일종의 성긴 울타리를 형성했고, 그 너머의 사람과 사물들은 마치 동화의 세계 속에서 움직이는 것처럼 보였다.

뚱뚱한 자자가 버스에 올라타는 것을 도와주는 조제프의 모습이 보였다. 그리고 흰색 일색의 옷차림에 방서모(防暑帽)[23]를 쓴 어느 작달막한 신사가 새빨간 혀를 늘어뜨린 차우차우 종의 개 한 마리를 끌고 천천히 지나가는 것도 보였다.

다른 이미지들도 현실에 섞여 들었다. 때로는 파자마 위에 외투 하나만 걸친 차림으로, 고물 차의 핸들을 잡고 두 여인을 이 상점, 저 상점으로 데려다 주는 윌리엄 브라운의 모습…….

지금쯤 프로방살 호텔에 돌아가 있을 그의 아들은 그 우아한 스위트룸에서 전보문을 구술해 주고, 전화를 받고, 그 빠르고도 규칙적인 걸음으로 뚜벅뚜벅 방 안을 왕복하고 있으리라.

23 코르크나 식물 섬유 등으로 만든 골격 위에 천을 씌워 중산모 형태로 만든 모자. 열대 지방에서 따가운 햇볕을 막기 위한 것이기 때문에 챙이 넓고 밝은색이다.

「정말이지 이상한 사건이에요!」 침묵을 좋아하지 않는 부티그가 꼰 다리를 풀어 반대 방향으로 다시 꼬면서 한숨을 쉬었다. 「게다가 오르간 주자에게 알리는 것도 잊어버렸다니, 정말로 유감이네요!」

「그래! 윌리엄 브라운은 살해됐어…….」

매그레가 이 말을 되풀이한 까닭은, 이 모든 것들에도 불구하고 여기에 어떤 비극적인 사건이 있었다는 사실을 스스로에게 확인시키기 위함이었다.

부착식 옷깃이 꽉 끼어 답답했다. 이마는 땀으로 축축했다. 매그레는 자신의 잔에 둥둥 떠 있는 커다란 얼음 덩어리를 탐욕스레 쳐다보았다.

「브라운은 살해됐어……. 그는 매달 하듯이 별장을 나와 칸으로 갔어. 자기 차를 정비소에 맡겼지. 그리고 아들이 매달 보내 주는 돈을 수령하려고 어느 은행, 혹은 사업가를 찾아갔지. 그다음에는 리버티 바에서 며칠을 보냈어.」

지금 매그레를 짓누르고 있는 것과 비슷한 후텁지근한 게으름 속에 보냈을 며칠……. 슬리퍼 바람으로 이 의자에서 저 의자로 비척비척 옮겨 다니고, 자자와 함께 먹고 마시고, 반벌거숭이 차림의 실비가 왔다 갔다 하는 것을 보면서 그 시간을 보냈으리라…….

〈금요일 2시, 그는 바를 떠났어……. 5시, 차를 찾았고, 15분 후에는 치명상을 입은 몸으로 자기 별장 현관 계단 앞까지 와서 쓰러졌지……. 그가 취했다고 생각하고 창문을 통해 욕지거리를 퍼붓는 두 여자가 보는 앞에서……. 수중에는 평소처럼 2천 프랑가량이 있었고…….〉

매그레는 소리 내어 말하지는 않았다. 속눈썹 울타리 너머로 지나가는 행인들을 바라보면서 이 모든 것을 머릿속으로 생각하고 있었다.

부티그가 중얼거리듯 내뱉었다.

「도대체 그의 죽음으로 이득을 볼 수 있는 게 누구인지 모르겠네요!」

이게 바로 위험한 질문이었다……. 그의 두 여자? 하지만 그네는 오히려 그가 가급적 오래 사는 것이 유리하지 않은가? 그가 매달 가져오는 2천 프랑으로 조금씩이나마 저축까지 해가며 살 수 있으니 말이다.

칸의 두 여자? 그가 죽는다면 그들은 몇 안 되는 고객 중 하나를 잃게 되지 않겠는가? 그것도 보통 고객인가? 매달 8일 동안 집안 전체를 먹여 살릴 뿐만 아니라, 한 여자에게는 실크 스타킹 살 돈을 주고, 또 다른 여자에겐 전기세와 가스비도 치러 주는 귀중한 손님 아닌가?

아니었다! 물질적인 이득을 챙길 수 있는 사람이 있다면, 그건 오직 해리 브라운뿐이었다. 아버지가 죽으면 더 이상 매달 5천 프랑씩을 보내지 않아도 될 테니까.

하지만 커다란 화물선들에 양모를 가득 실어 수출하는 사업가에게 그깟 5천 프랑이 대체 무엇이란 말인가?

이제 부티그는 한숨을 내쉰다.

「이젠 나도 이곳 사람들과 같은 생각이 들려고 합니다. 이건 어떤 첩보전에 얽힌 사건이라는⋯⋯.」

「웨이터! 여기 잔이나 다시 채워 주시오!」 매그레가 꽥 소리쳤다.

그는 곧바로 후회했다. 주문을 취소하고 싶었지만, 차마 그럴 수가 없었다.

그것은 자신의 무기력함을 확실하게 자인하는 행동이 될 터이므로. 나중에 그는 이 시간을, 마세 광장의 글라시에 카페에서 보낸 이 시간을 기억하게 될 것이다.

왜냐면 그것은 그에게 극히 드물게 찾아오는 무기력한 순간 중의 하나였기 때문이다! 그것은 전적인 무기력함이었다! 공기는 훈훈했다. 한 계집아이가 거리 한 모퉁이에서 미모사 꽃을 팔고 있었다. 맨발이었고, 두 다리는 짙게 그을어 있었다.

번쩍이는 니켈 장식들이 붙은 커다란 회색 오픈카 한 대가 소리 없이 지나갔다. 여름 파자마 차림의 아가씨 세 명과 거뭇한 콧수염을 기른 새파란 청년 하나를 해변으로 실어 나르고 있었다.

이 모든 것들에서 바캉스 분위기가 느껴졌다. 전날 황

혼 녘의 칸 항구도, 특히 배 임자가 탐스러운 몸매의 젊은 여자들 앞에서 잔뜩 폼을 잡고 있었던 아르데나호도 이런 바캉스 분위기였다.

매그레는 파리에서 항상 그렇듯 검은 양복 차림이었다. 그리고 여기에선 아무짝에도 쓸모없는 중산모까지 쓰고 있었다.

바로 코앞에 파란 글씨로 다음과 같이 알리는 포스터가 보였다.

쥐앙레팽 카지노

〈황금의 비〉[24] 그랜드 갈라 쇼

그리고 오팔색의 유리잔 속에서는 얼음이 천천히 녹아들고 있었다.

바캉스! 이런 날에는 초록색이나 오렌지색으로 칠해진 보트의 가장자리에 윗몸을 굽히고서, 물결무늬 일렁이는 바다 밑바닥이나 들여다보고 있어야 하리라……. 왕파리들이 웽웽대는 소리를 들으며 파라솔 형태의 금송(金松) 아래서 낮잠이나 즐겨야 하리라…….

24 오비디우스에 따르면, 부왕에 의해 청동 방에 감금된 아르고스의 공주 다나에에 접근하기 위해 제우스는 황금의 비[雨]로 변신했다고 한다. 따라서 〈황금의 비〉는 누군가를 유혹하기 위해 아낌없이 발휘되는 호사의 은유가 되기도 한다.

무엇보다도 일면식도 없고, 어쩌다가 등에 칼침을 맞게 된 사내 따위는 결코 신경 쓰지 말아야 하리라!

또 전날까지만 해도 매그레가 전혀 모르던, 그러나 지금은 마치 그 자신이 그들과 같이 자기라도 한 듯 그의 정신을 끈질기게 따라다니는 그 여자들도 잊어버려야 하리라!

아, 정말이지 고약한 직업이었다! 공기에서는 녹아내리는 아스팔트 냄새가 느껴졌다. 부티그는 연회색 재킷 옷깃에 다시금 빨간 카네이션 한 송이를 꽂았다.

윌리엄 브라운? ……자, 이제 그는 땅에 묻혔다……. 더 이상 뭘 원하는가? 매그레가 도대체 이 일과 무슨 상관이 있단 말인가? 유럽에서 가장 큰 요트 중 하나를 소유했었던 게 그였던가? ……마르티니라는 이름의 두 여편네, 얼굴에 회칠한 그 늙은 여편네와 육덕 좋은 젊은 여편네와 시시덕거리며 살았던 게 그였던가? 리버티 바의 방탕한 게으름에 아무 생각 없이 푹 빠져 지냈던 게 어디 매그레 자신이었던가 말이다……!

가끔씩 훅훅 끼쳐 오는 미지근한 공기가 볼을 간질였다. 지나가는 사람들은 모두 바캉스를 즐기고 있었다. 여기서는 모든 사람이 바캉스를 만끽하고 있었다! 삶 전체가 그저 즐겁기만 한 어떤 바캉스처럼 느껴지고 있었다!

이런 판국에 부티그까지 그 입을 가만히 두지 못하고 이렇게 쫑알댄다.

「사실은요, 전 제가 이 일을 안 맡게 돼서 너무 좋다고나 할까요…….」

이 대목에서 매그레는 세상을 속눈썹 사이로 보는 것을 중단했다. 그는 더위와 졸음으로 약간 상기된 얼굴을 동료에게로 돌렸다. 눈동자도 약간 흐릿했으나, 평소의 또렷함을 되찾는 데는 단 몇 초로 충분했다.

「맞아!」 그는 벌떡 일어서며 말했다. 「웨이터! 여기 얼만가?」

「놔두세요, 제가…….」

「그건 절대 안 돼!」

그는 테이블 위로 지폐 몇 장을 던졌다.

그렇다. 이 시간은 나중에 그가 선연히 기억하게 될 것이다. 왜냐면 솔직히 이때 그는 어떤 유혹을 느꼈으므로. 더 이상 골치 아프게 신경 쓰지 말고, 그냥 다른 사람들처럼 일이 흘러가는 대로 놔두고 싶은 유혹 말이다.

그리고 날씨는 또 얼마나 좋은지!

「왜, 가시려고요? 머릿속에 무슨 생각이라도 있으십니까?」

아니! 그의 머릿속에는 태양과 무기력함만이 가득했다. 생각이라곤 눈곱만큼도 없었다. 그는 거짓말을 하고 싶지는 않았으므로 그냥 중얼거리듯 말했다.

「윌리엄 브라운은 살해됐소!」

그리고 속으로는 이렇게 내뱉었다.

〈그게 이 인간들에게 뭐가 중요하겠어……?〉

아무렴! 도마뱀들처럼 햇볕에 몸이나 데우면서, 오늘 저녁에 〈황금의 비 갈라 쇼〉에 갈 생각밖에 없는 이 인간들에게 그게 뭐가 그리 중요하랴!

「난 일할 거요!」 그가 다시 말했다.

그는 부티그와 악수를 나눴다. 그러고는 멀어져 갔다. 그는 자동차 한 대가 지나갈 수 있게끔 멈춰 서주었다. 가격이 무려 30만 프랑이나 되는 그 차 안에는 열여덟 살짜리 처녀애 하나가 핸들을 잡고 미간을 잔뜩 찌푸린 채 앞만 노려보고 있었다.

「브라운은 살해됐어……」 매그레는 계속 되뇌었다.

그는 더 이상 이 프랑스 남부 지방을 과소평가하지 않게 되었다. 그는 글라시에 카페에 등을 돌렸다. 그리고 더 이상 유혹에 넘어가지 않기 위해 마치 부하에게 지시하듯 이렇게 뇌까렸다.

「금요일 오후 2시에서 5시까지 브라운이 무얼 하며 시간을 보냈는지 알아낼 것.」

다시 말해서 칸으로 가야 했다! 따라서 버스를 타야 했다!

두 손을 호주머니에 찌르고 잇새에 파이프를 문 매그레는 가로등 아래서 부루퉁한 얼굴로 버스를 기다렸다.

6
부끄럼 많은 사내

칸에서 몇 시간 동안 매그레는 보통 일반 형사들에게 맡겨지는 따분한 작업에 열중했다. 무언가를 하고 있다는 환상을 갖기 위해서라도 부산하게 움직여야 할 필요가 있었던 것이다.

풍기 단속국에 가보니, 그곳 경찰들은 장부에 올라 있는 실비를 알고 있었다.

「그 친구는 골치 썩인 일이 한 번도 없었어요! 검진도 거의 꼬박꼬박 받아 왔고요.」 그녀의 구역을 맡고 있는 경사가 말했다.

「그럼 리버티 바는 어떻소?」

「아, 누구한테서 애기 들으셨나요? 거기, 참 희한한 술집입니다! 오랫동안 우리의 호기심을 끌어왔고, 지금도 거기가 대체 뭐하는 집인지, 궁금해하는 사람이 한둘이 아닙니다. 그 집에 대한 익명의 투서가 매달 한 통씩 날아올 정도죠. 처음에 사람들은 뚱뚱이 자자가 마약을 판다고 생각했습니다. 그래서 그녀에게 감시를 붙였었죠. 하지만 지금 와서 제가 단언하는데, 그건 사실이 아닙니다. 또 어떤 사람들은 그 집의 뒷방이 수상쩍은 성적 취향을 가진 인간들이 모이는 장소라는 식으로 넌지시 암시하기도 하지요…….」

「내가 알기론 그건 사실이 아니오!」 매그레가 말했다.

「맞습니다. 그게 가장 웃기는 얘기죠……. 사실 자자 어멈 주위로는 늙다리 친구들이나 모여드는 것 같습니다. 그녀와 함께 술을 퍼마시는 것 외에는 인생에서 더 이상 아무런 의욕도 없는 친구들 말입니다. 그리고 그녀에겐 약소하나마 연금도 있어요. 남편이 사고로 죽었거든요.」

「알고 있소!」

또 다른 경찰 부서에는 조제프에 대해 문의했다.

「네, 경마에 빠진 친구라서, 관심을 갖고 지켜보고 있습니다. 하지만 지금까지는 별다른 혐의를 발견하지 못했어요.」

결국 아무것도 건지지 못했다. 이에 매그레는 두 손을 호주머니에 찌르고, 지금 심사가 몹시 고약해져 있음을 보여 주는 고집스러운 얼굴을 하고 도시 전체를 돌아다니기 시작했다.

그는 먼저 특급 호텔들부터 방문하여 숙박부를 확인

했다. 그러는 중간에 역 근처의 레스토랑에서 점심을 먹었고, 오후 3시에는 해리 브라운이 화요일과 수요일 사이의 밤에도, 수요일과 목요일 사이의 밤에도 칸에서 자지 않았다는 사실을 확인할 수 있었다.

한심한 결과물이었다. 쓸데없이 다리만 아프게 한 셈이었다.

「아들 브라운은 마르세유에서 차로 와서, 당일에 돌아갈 수도 있었을 텐데 말이야……」

매그레는 풍기 단속국으로 가서 거기 보관돼 있는 실비의 사진 한 장을 얻었다. 호주머니에는 별장에서 가져온 윌리엄 브라운의 사진도 들어 있는 터였다.

이제 그는 새로운 분위기 속으로 빠져들었다. 허름한 이 삼류 호텔들 말이다. 특히 하룻밤 묵을 수 있을 뿐 아니라, 시간 단위로 대실도 가능한 항구 주변의 호텔들이었다.

호텔 주인들은 그가 경찰에서 나온 것을 한눈에 알아보았다. 경찰이라면 호랑이보다도 더 무서워하는 사람들이니 당연했다.

「자, 잠시만 기다려 주세요! 청소 아줌마에게 한번 물어볼 테니……」

그러고는 어두컴컴한 계단들을 우당탕 뛰어 내려가는 소리들이 들려오는데, 그야말로 요지경, 복마전이 따로 없었다.

「이 뚱뚱한 양반요? ……아뇨! 여기서는 본 기억이 없어요.」

매그레가 처음 보여 준 것은 윌리엄 브라운의 사진이었다. 그는 이어서 실비의 사진을 보여 주었다.

그녀의 사진은 거의 모두가 알아보았다.

「네, 왔었어요……. 하지만 벌써 꽤 되었는데…….」

「밤에 왔소?」

「오, 아니에요! 그녀가 누군가와 함께 오면 항상 〈잠깐만〉 머물러요.」

벨뷔 호텔…… 포르 호텔…… 브리스톨 호텔…… 오베르뉴 호텔…….

그 외에 다른 집들도 있었다. 대부분 으슥한 골목에 위치했고, 또 대부분 휑한 입구 통로 옆에 붙은 〈수도 시설 완비, 저렴한 요금〉이라고 쓰인 대리석 판 하나만이 그 존재를 알려 주고 있는 은밀한 장소들이었다.

때로는 급이 약간 높아져, 계단에 카펫이 깔린 집들도 있었다. 또 어떤 때는 복도에서 외면하고 황급히 도망가는 커플과 마주치기도 했다…….

그런 곳에서 나올 때면, 6미터 길이의 국제 규격 경주용 요트들이 뭍에 끌어올려져 있는 항구가 다시 보이곤 했다.

여기저기 모여 선 구경꾼들이 지켜보는 가운데, 선원들은 그 배들에 정성껏 칠을 하고 있었다.

〈시끄러운 이야기가 나오지 않도록!〉 그가 파리에서 듣고 온 말이었다.

제길! 이런 식으로만 계속된다면 그렇게 말한 상관을 아주 흐뭇하게 해줄 수 있으리라……. 지금까지 매그레가 아무것도 찾아내지 못한 고로, 여기엔 아무런 〈이야기〉도 없을 것이기 때문에!

그는 연달아서 파이프를 뻑뻑 피워 댔다. 파이프 하나의 불이 꺼지기도 전에, 항상 호주머니에 두세 개씩 넣고 다니는 다른 파이프에 담배를 꽉꽉 채워 가면서.

한 여자가 조가비 공예품을 팔려고 끈질기게 달라붙는가 하면, 웬 꼬마 녀석 하나가 맨발로 달려와 그의 다리가랑이로 빠지더니만 그를 보면서 깔깔 웃어 대자 이 고장 전체가 밉살스럽게 보이면서 부아가 끓어올랐다.

「이 남자를 아시오?」

그는 이제 스무 번째도 윌리엄 브라운의 사진을 보여 주고 있었다.

「한 번도 여기 온 적이 없습니다.」

「그럼 이 여자는?」

「실비? 그녀는 지금 위에 있어요.」

「혼자?」

호텔 사장은 어깨를 으쓱하고는 층계를 향해 소리쳤다.

「알베르! 잠깐 이리 내려와!」

때가 꼬질꼬질한 벨 보이 녀석이 내려와서는 반장을 곁눈으로 힐끔 쳐다보았다.

「실비는 아직도 위에 있나?」

「7호실에요.」

「그 사람들, 마실 것 주문했어?」

「전혀요.」

「그렇다면 오래 걸리진 않겠네요!」 사장이 반장에게 말했다. 「걔한테 얘기하고 싶은 게 있으시다면, 잠시 기다리시면 됩니다.」

이 집 이름은 기가 막히게도 〈보세주르 호텔〉[25]이었다. 항구와 평행하게 난 거리에 위치했고, 바로 맞은편에는 빵집도 하나 있었다.

지금 그녀를 다시 보고 싶은 마음이 있는가? 아니, 그녀에게 한두 가지 던질 질문이라도 있는가?

매그레 자신도 전혀 알 수 없었다. 그는 기진맥진한 상태였다. 그럼에도 그의 태도에는 이제 끝장을 보겠다는 사람처럼 무언가 험악한 데가 있었다.

하지만 호텔 앞에서 기다릴 생각은 없었다. 맞은편의 빵집 여자가 진열창을 통해 그를 묘한 눈으로 쳐다보고

25 〈보세주르Beauséjour〉란 〈멋진 체류〉라는 뜻이다.

있었기 때문이다.

실비에겐 팬들이 너무 많아서 때로는 아래층에서 차례를 기다려야 한다는 얘기인가? 바로 그거였다! 그리고 매그레는 지금 자신이 사람들의 눈에 그녀의 고객 중 하나로 비치고 있다는 사실에 분통이 터졌다.

그는 거리 한 모퉁이로 갔다. 다닥다닥 붙은 집들이나 한 바퀴 돌며 시간을 보내려는 심산이었다. 그렇게 부둣가에 이르렀을 때 그는 고개를 돌렸다. 보도 변에 택시 한 대가 주차되어 있고, 그 옆에서 택시 기사가 왔다 갔다 하고 있는 광경이 눈에 띄었던 것이다.

그 광경에서 무엇이 마음을 잡아끌었는지, 곧바로 깨닫지 못했다. 그는 고개를 두 번 돌려 봐야 했다. 무언가 생각날 듯한 것은 자동차라기보다는 오히려 사내 쪽이라는 느낌이 드는가 싶었는데, 갑자기 그의 모습이 이날 아침 장례식의 기억과 연결되었다.

「당신, 앙티브에서 오지 않았소?」

「쥐앙레팽에서 왔는데요.」

「오늘 아침에 장례식을 따라 공동묘지까지 왔던 게 당신이었지?」

「그런데요. 왜 그러세요?」

「그때의 손님을 여기까지 모셔 온 거요?」

택시 기사는 어떻게 대답해야 할지 몰라 상대방을 위

아래로 살펴보기만 했다.

「왜 그걸 나한테 묻는 겁니까?」

「경찰이오⋯⋯. 자, 그래서?」

「네, 같은 손님이에요⋯⋯. 어제 정오부터 택시를 전세 내셨습니다.」

「지금 그는 어디 있소?」

「모르겠어요. 이쪽으로 가셨는데⋯⋯.」

기사는 거리 하나를 가리키고는, 갑자기 불안해하며 물었다.

「아, 이런! 그 사람이 나한테 요금을 내기도 전에 체포할 건가요?」

순간, 매그레는 파이프를 피우는 것조차 잊어버렸다. 한동안 꼼짝 않고서 택시의 구식 보닛만 뚫어지게 쳐다보던 그는, 어쩌면 커플이 호텔에서 떠났을지도 모른다는 생각이 스치자, 그 즉시 보세주르 호텔을 향해 부리나케 뛰었다.

그가 달려오는 것을 본 빵집 여자는 가게 안쪽에 있는 자기 남편을 불렀고, 빵집 남자는 밀가루투성이의 얼굴을 진열창에 바짝 댔다.

쳐다봐도 할 수 없지! 매그레는 이제 그런 것 따위는 신경도 쓰지 않았다.

「7호실이라⋯⋯.」

그는 건물 전면을 올려다보면서, 커튼으로 가려져 있는 창문들 중, 어느 것이 7호실에 해당하는지를 알아내려 해보았다. 좋아하기에는 아직 때가 이르다고 생각했다.

하지만…… 아니었다! 이건 결코 우연의 일치가 아니었다. 오히려 지금, 이 사건의 두 요소가 처음으로 연결되고 있는 것이다!

실비와 해리 브라운이 항구의 한 삼류 호텔에서 만나고 있는 것이다!

그는 거기서 1백 미터 떨어진 부두까지 스무 번도 넘게 가보았다. 그리고 같은 지점에 택시가 서 있는 것을 스무 번도 넘게 확인했다. 기사는 기사대로 자기 고객을 감시하기 위해 길 끄트머리 지점에 버티고 서 있었다.

마침내 호텔 입구 통로 맨 안쪽에 있는 유리문이 열렸다. 재빠르게 걸어 나와 보도에 도달한 실비는 하마터면 매그레와 부딪힐 뻔했다.

「안녕?」 그가 인사했다.

그녀는 석상처럼 굳어졌다. 매그레는 그녀가 그렇게 창백해진 모습을 한 번도 본 적이 없었다. 그녀가 겨우 입을 열었지만, 거기서는 아무런 소리도 새어 나오지 못했다.

「자네 파트너는 옷을 입고 있나?」

그녀는 풍향계처럼 고개를 사방으로 돌렸다. 손에서는 핸드백이 툭 떨어졌다. 매그레가 주워 들자, 그녀는 무엇보다도 그가 그것을 열어 볼 것이 겁나는 듯 말 그대로 빼앗듯이 도로 가져갔다.

「잠깐 보자고!」

「미안해요…… 기다리는 사람이 있어서……. 같이 걸으실래요?」

「아니, 난 걷고 싶지 않아……. 특히 이 방향으로는.」

그녀는 얼굴 전체를 잠식해 버린 커다란 두 눈 때문에 예쁘다기보다는 오히려 짠한 느낌을 주었다. 지금은 모종의 고통스러운 신경과민 상태, 숨이 막힐 듯한 불안감에 사로잡혀 있다는 게 감지되었다.

「나한테 뭘 원하시죠?」

그녀는 그대로 내달려 도망쳐 버리려 하고 있는 것은 아닐까? 그걸 막기 위해 매그레는 그녀의 손을 자기 손안에 틀어쥐었다. 맞은편의 빵집에서 봤다면 다정한 몸짓이라고 생각했으리라.

「해리는 아직도 저 안에 있나?」

「무슨 말인지 모르겠어요.」

「좋아! 그럼 우리 같이 기다리기로 하지……. 조심해, 꼬마! 어리석은 짓은 않는 게 좋아. 그리고 이 핸드백은 가만히 놔두고.」

왜냐면 매그레가 그걸 다시 빼앗았기 때문이다. 보드라운 직물 사이로 지폐 한 묶음의 감촉이 느껴지는 듯했다.

「소동 벌이지 말고! 우릴 훔쳐보는 사람들이 있어.」

그리고 행인들도 있었다! 그들은 매그레와 실비가 화대 문제로 실랑이를 벌이고 있다고 생각하리라.

「제발……」

「안 돼!」

그리고 좀 더 낮은 목소리로,

「얌전히 있지 않으면 수갑을 채울 거야!」

그녀는 두려움으로 한층 커다래진 눈으로 그를 쳐다보았다. 그러고는 기가 꺾였는지, 아니면 이제는 다 글렀다고 느꼈는지 고개를 푹 숙였다.

「해리는 별로 바쁘지 않은가 보군. 저렇게 꾸물대는 걸 보니……」

그녀는 아무 말도 안 했다. 부인하려고도, 설명하려고도 하지 않았다.

「그와는 전부터 아는 사이인가?」

햇볕이 뜨겁게 쏟아지고 있었다. 실비의 얼굴은 땀으로 축축했다.

그녀는 떠오르지 않는 묘안을 필사적으로 찾고 있는 것 같았다.

「저기요……」

「그래, 말해 봐!」

하지만 아니었다! 그녀는 생각을 바꿔 버렸다! 더 이

상 아무 말도 하지 않았다. 대신 잔인할 정도로 거세게 입술을 꽉 깨물었다.

「조제프가 어딘가에서 자넬 기다리고 있나?」

「조제프요?」

그녀의 얼굴에 공황감이 어른거렸다. 그리고 이제 호텔 계단을 내려오는 발소리가 들렸다. 실비는 덜덜 떨기만 할 뿐, 그늘에 잠긴 복도 쪽을 감히 쳐다보지도 못했다.

발소리가 가까워지더니, 이윽고 뚜벅뚜벅 타일 바닥을 밟는 소리가 들렸다. 유리문이 열린 다음 다시 닫히는가 싶더니, 갑자기 모든 것이 정지했다.

통로의 어스름 속에 있어 잘 분간이 되지 않는 해리 브라운이 두 남녀를 본 것이다! 아주 짧은 순간이었다. 그는 다시 걷기 시작했다. 그는 아주 뻔뻔스러운 모습을 보여 주었다! 몸을 꼿꼿이 세운 채로 조금도 주저하지 않고, 매그레에게 짧게 인사까지 던지면서, 그들 앞을 휙 지나가는 거였다.

매그레는 여전히 실비의 축 늘어진 팔목을 잡고 있었다. 이제 등밖에 보이지 않는 브라운을 따라잡으려면 실비를 놓아야만 했다.

하지만 빵집 여자의 창문 아래서 얼마나 우스꽝스러운 장면이 벌어질 것인가!

「자, 우리 같이 가지!」 그가 여자에게 말했다.

「날 체포하는 거예요?」

「그런 걱정은 할 필요 없어……」

그는 곧바로 전화를 걸어야 했다. 어떤 일이 있어도 실
비는 놓아주고 싶지 않았다. 근처에 카페가 몇 군데 있었
다. 그는 그중 하나에 들어갔고, 처녀를 전화 부스에 함께
끌고 들어갔다.

잠시 후, 수화기 저편에 부티그가 나타났다.

「지금 당장 프로방살 호텔로 달려가시오. 해리 브라운
에게, 내가 오기 전까지는 앙티브를 떠나지 말아 달라고
정중하면서도 엄하게 알리시오. 필요하다면, 강제로라도
호텔에서 나오지 못하게 하도록.」

실비는 맥이 탁 풀린 모습으로 통화를 듣고 있었다. 그
녀에겐 더 이상 버틸 수단도 없었고, 반발할 생각도 조금
도 남아 있지 않았다.

「자, 자넨 뭐 마실 거지?」 테이블에 돌아와서 그가 물
었다.

「아무거나 상관없어요.」

그는 무엇보다도 핸드백을 감시하고 있었다. 웨이터는
지금 뭔가 비정상적인 일이 벌어지고 있다고 느끼고는 두
사람을 지켜봤다. 이때 이 테이블 저 테이블 돌아다니면
서 꽃 파는 계집애 하나가 그들에게 다가와 제비꽃 한 다
발을 내밀자, 매그레는 그걸 받아 들어서는 실비에게 선

사했다. 그리고 호주머니를 뒤지면서 난처한 표정을 짓는가 싶더니, 아무도 예상치 못한 순간에 핸드백을 덥석 집어 들었다.

「실례 좀 할게…… 내가 동전이 없어서…….」

너무도 순식간에, 그리고 자연스럽게 일어난 일이라 그녀에게는 항의할 시간조차 없었다. 핸드백 끈을 쥔 손가락이 움찔하듯 잠시 경직되었을 뿐이다.

계집아이는 바구니에서 또 다른 다발을 만들 꽃들을 고르면서 얌전히 기다렸다. 매그레는 1천 프랑짜리 지폐로 이루어진 두툼한 다발 아래서 조그만 동전들을 찾아냈다.

「자, 이제 가지!」 그가 벌떡 일어서며 말했다.

그 역시 신경이 예민해져 있었다. 빨리 자신에게 꽂혀 있는 저 호기심에 찬 시선들이 없는 다른 곳으로 가고 싶은 마음뿐이었다.

「우리 착한 자자 엄마에게 저녁 인사나 하러 가는 게 어때?」

실비는 순순히 따랐다. 이제 완전히 기가 꺾여 있었다. 그리고 매그레가 여자의 핸드백을 소중하게 들고 있다는 점 외에는, 두 사람의 모습은 거리를 지나가는 여느 쌍들의 모습과 조금도 구별되지 않았다.

「먼저 들어가!」

그녀는 계단 한 칸을 내려서 바로 들어서서는, 안쪽의 격자 유리문을 향해 걸었다. 튈 커튼 너머로, 두 사람이 도착하자 벌떡 일어서는 한 사내의 등이 얼핏 보였다.

스웨덴 승무원 얀이었다. 그는 매그레를 알아보고는 얼굴이 귀까지 새빨개졌다.

「또 당신인가? 자, 여보시오, 우리끼리 얘기 좀 하게 자리 좀 비켜 주면 고맙겠소.」

자자는 얼떨떨한 표정이었다. 하지만 실비의 얼굴이 뭔가 비정상적인 일이 일어나고 있음을 명확히 말하고 있었다. 상황이 이러니 그녀로서도 선원이 빨리 사라져 주었으면 하는 마음뿐이었다.

「얀, 내일 올 거야?」

「글쎄……」

챙 모자를 손에 들고, 반장의 무거운 시선에 당황하고 있는 그는 어떤 식으로 이 자리를 떠야 할지 몰라 우물쭈물했다.

「네! 그래, 됐어요……! 자, 다음에 봅시다!」 반장은 더 이상 참지 못하고 승무원이 지나갈 수 있게끔 자신이 직접 문을 열어 준 다음, 다시 닫았다.

이어 거친 동작으로 열쇠를 철컥 돌려 문을 잠가 버렸다. 그러고는 실비에게 말했다.

「모자는 벗어도 돼.」

자자는 모기 같은 소리로 한마디 해보았다.

「둘이 어디서 우연히 만난 모양이죠?」

「맞아! 우린 어디서 우연히 만났지……」

그녀는 감히 음료를 대접할 생각조차 하지 못했다. 공기 중에는 폭풍우가 쏟아지기 직전처럼 무거운 긴장감이 감돌았다. 그녀는 침착한 모습을 유지하려고 바닥에 굴러다니는 신문을 주워 접어 놓은 다음, 화덕에 올려놓은 뭔가를 지켜보러 갔다.

매그레는 아주 천천히 파이프를 채워 넣었다. 그러고는 자신도 화덕에 다가가 신문 쪼가리를 꼬깃꼬깃 끈처럼 꼬아 아궁이에 넣어 불을 붙였다.

실비는 식탁 가까이에 서 있었다. 모자는 벗어서 자기앞의 테이블에 올려놓은 터였다.

이제 매그레는 의자에 앉아 핸드백을 열고는, 지폐를 꺼내어 지저분한 유리잔들 사이에 늘어놓으며 한 장 한 장 세기 시작했다.

「열여덟…… 열아홉…… 스물…… 자, 2만 프랑!」

자자는 몸을 휙 돌리고는 경악에 찬 얼굴로 지폐를 바라보았다. 이어 그녀는 실비를, 그다음에는 반장을 쳐다봤다. 그녀는 상황을 이해하기 위해 격렬히 노력하고 있었다.

「이게 대체 무엇……」

「아! 대단한 건 아니오!」 매그레가 웅얼거리듯 말했다. 「실비는 다른 사내들보다 통이 큰 애인을 만난 것뿐이니까……. 그런데 그 애인 이름이 뭔지 아시오? 해리 브라운이라오.」

그는 마치 자기 집에 앉아 있는 사람 같았다. 두 팔꿈치는 식탁 위에 척 기대고, 잇새에는 파이프를 물었으며, 중산모는 목덜미가 덮이도록 뒤로 젖혔다.

「뭐라더라? 그래, 보세주르 호텔에서는 〈잠깐〉이라는 말을 썼었지……. 그 〈잠깐〉에 대한 대가로 2만 프랑이라……」

자자는 앞치마로 통통한 손의 물기를 닦으며 애써 태연한 척했다. 하지만 더 이상 아무 말도 하지 못하고 있었다. 한마디로, 너무 놀라 얼이 빠진 상태였다.

그리고 새하얗게 굳은 얼굴의 실비는 아무도 바라보지 않고, 오직 앞의 허공만을 응시한 채 운명이 준비한 최악의 일격만을 기다리고 있었다.

「서 있지 말고 앉으라고!」 매그레가 소리쳤다.

그녀는 기계적으로 복종했다.

「자자 당신도 거기 앉고……. 잠깐…… 우선 깨끗한 잔 좀 가져다주쇼.」

실비는 어제와 같은 자리에 앉아 있었다. 실내 가운의

옷깃이 열려 접시 몇 센티미터 위에 걸려 있는 젖가슴을 훤히 드러낸 채 식사를 하던 바로 그 자리 말이다.

자자는 병 하나와 잔들을 식탁 위에 올려놓고는, 의자 끄트머리에 궁둥이만 걸치고 앉았다.

「자, 여러분, 이제 얘기해 봐요!」

더 이상 햇볕이 미치지 못하는지 환기창은 푸르스름한 빛이었고, 거기로 파이프 연기가 천천히 올라갔다. 자자는 실비를 쳐다보고 있었다.

그런데 실비는 여전히 아무것도 보지 않는 멍한 시선으로, 얼이 빠진 것인지, 고집을 부리는 것인지, 아무 말도 없었다.

「자, 얘기해 보라고…….」

이 말을 백번 되풀이해 봐도, 10년을 기다려 봐도 결과는 마찬가지일 듯싶었다. 자자만이 가슴에 턱을 푹 파묻고서 꺼질 듯 한숨을 내쉬었다.

「세상에! 어떻게 이런 일이…….」

매그레는 더 이상 억제하기 힘든 상태가 되었다. 그는 벌떡 일어났다. 그러고는 뚜벅뚜벅 방 안을 왕복하면서, 낮게 으르렁댔다.

「계속 이렇게 나오면…….」

꿈쩍 않는 석상 앞에 그는 불같이 화가 치밀어 올랐다. 한 번, 두 번, 세 번, 그는 여전히 돌처럼 굳어 있는 실비

곁을 지났다.

「그래, 기다려 줄 순 있어…… 하지만…….」

네 번째에서 그는 폭발하고 말았다. 거의 본능적인 동작이었다. 그의 손이 처녀의 어깨를 꽉 움켜잡았고, 그는 자신의 손아귀 힘이 얼마나 끔찍한지를 잘 알지 못했다.

그녀는 맞을까 봐 겁을 내는 어린아이처럼, 한쪽 팔을 쳐들어 자기 얼굴을 가렸다.

「자, 그래서……?」

그녀는 고통을 견디지 못하고 허물어져 내렸다. 그리고 격렬히 흐느끼면서 소리쳤다.

「이 깡패야! 이 더러운 깡패야! 난 아무것도 말하지 않을 거야……. 아무것도! 아무것도……!」

자자의 얼굴이 일그러졌다. 매그레는 고집스러운 표정으로 의자에 털썩 주저앉았다. 실비는 얼굴을 가리려고도, 눈물을 닦으려고도 하지 않고 계속 울기만 했다. 고통이 아닌 분노의 눈물이었다.

「……아무것도……!」 그녀는 흐느끼다가 기계적으로 한 번 더 내뱉었다.

이때 바의 문이 열렸다. 이곳에선 자주 있는 일은 아니었다. 손님 하나가 스테인리스 카운터에 팔꿈치를 올려놓더니, 슬롯머신의 크랭크 핸들을 돌렸다.

7
특별 지시

　매그레는 참지 못하고 벌떡 일어섰다. 그리고 들어온 사내는 조제프가 보낸 밀사일지도 모를 일이므로 두 여자가 무슨 수작을 부릴지도 모른다는 생각에 자신이 직접 바로 나갔다.

「뭘 원하시오?」

　이 말에 상대방이 얼마나 깜짝 놀라던지, 반장은 기분이 별로 좋지 않음에도 불구하고 하마터면 웃음을 터뜨릴 뻔했다. 희끗희끗한 머리에 평범해 보이는 중년 사내였다. 아마 어떤 미친 듯한 에로티즘의 꿈들을 실현해 볼 양으로, 사람들의 눈에 띌까 벽에 바짝 붙어 걸어가며 여기까지 찾아왔으리라. 그런데 카운터 뒤에서 불쑥 나타난 것은 험상궂은 표정의 매그레였으니!

「매, 맥주 한 잔요……」 사내는 슬롯머신의 레버를 놓치며 더듬거렸다.

반장은 격자 유리문의 커튼 너머로 두 여자가 서로에게 가까이 다가가는 것을 보았다. 자자가 뭔가를 물었다. 실비는 지친 듯한 표정으로 대답했다.

「맥주는 없소!」

적어도 매그레 주위에는 맥주가 보이지 않았으니까!

「그럼 아무 거나요……. 포르토 한 잔요…….」

잡히는 대로 아무 잔이나 가져다가, 대충 아무 액체나 따라 주었다. 사내는 거기에 입술만 살짝 적셨을 뿐이다.

「얼맙니까?」

「2프랑!」

매그레는 아직 햇볕이 뜨거운 골목길, 움직이는 실루엣이 몇 명 보이는 맞은편의 조그만 바, 그리고 자자가 다시 제자리에 앉고 있는 뒷방을 차례로 보았다.

손님은 도대체 자기가 무슨 집에 들어왔던 것인지를 자문하며 황급히 떠나갔고, 매그레는 부엌방에 들어와 의자를 거꾸로 하여 말 타듯 걸터앉았다.

자자의 태도는 약간 바뀌어 있었다. 조금 아까 그녀는 그저 불안하기만 할 뿐, 무슨 생각을 해야 할지조차 모르는 사람처럼 보였다. 지금 그녀의 불안감은 좀 더 윤곽이 분명해져 있었다. 그녀는 곰곰이 뭔가를 생각하면서, 안쓰러움과 약간의 원망이 뒤섞인 눈으로 실비를 바라보았다. 그 눈은 이렇게 말하는 듯했다. 〈이런 수렁 속으로 기

어들어 가다니, 참 장하다! ……이제 거기서 빠져나오긴 쉽지 않을 거라고!〉

그녀는 짐짓 큰 목소리로 이렇게 말해 보았다.

「아세요, 반장님? 사내들이란 참 이상한 동물들이라서…….」

그러나 그 말에 확신이 느껴지지 않았다. 그녀 스스로도 그걸 느꼈다. 실비도 같은 느낌인지, 어깨를 으쓱했다.

「그 사람이 오늘 아침 장례식 때 애를 보고는, 마음이 동했나 봐요……. 돈이라면 넘치는 사람이라서…….」

매그레는 한숨을 쉬고 다시 파이프에 불을 붙이고는, 환기창 쪽만 멀거니 바라보았다.

분위기는 음울했다. 자자는 상황을 더 악화시킬 수 있다는 생각에 입을 다물기로 마음먹었다. 실비는 울지 않았다. 꼼짝 않고 앉아서 알 수 없는 뭔가를 기다리고 있었다.

조그만 자명종 시계만이 힘겨운 삶을 계속해 가면서, 그에게는 너무 무거워 보이는 두 개의 바늘을 창백한 숫자판 위에서 밀어 대고 있었다.

「똑딱, 똑딱, 똑딱…….」

때로 그 소리는 너무도 시끄럽게 울렸다. 안뜰에서 놀던 하얀 고양이 한 마리가 환기창 바로 앞에 와서 앉았다.

「똑딱, 똑딱, 똑딱…….」

자자는 이런 심각한 분위기가 체질적으로 안 맞는 듯, 일어서서는 찬장에서 술 한 병을 꺼내 왔다. 그러고는 마치 아무 일도 없는 듯이 세 잔에 술을 가득 부어, 하나는 매그레 앞으로, 다른 하나는 실비 앞으로 밀었다. 하지만 아무 말도 없었다.

2만 프랑은 여전히 식탁 위, 핸드백 옆에 놓여 있었다.

「똑딱, 똑……」

이렇게 한 시간 반이 흘렀다! 알 수 없는 물기로 눈이 번들거리는 자자가 술을 마시며 가끔씩 내쉬는 한숨 소리 외에는 완전한 침묵 속에 흘러간 한 시간 반이었다.

이따금 골목길에서 아이들이 놀면서 소리를 질러 댔다. 또 어떤 때에는 먼 곳에서 달리는 전차의 집요한 종소리도 들려왔다. 바의 문이 열렸다. 한 아랍인이 반쯤 열린 문으로 머리를 삐죽 들이밀고는 소리쳤다.

「땅콩 사시려우?」

그는 잠시 기다리다가 아무런 대답이 없자 다시 문을 닫고 사라져 버렸다.

6시가 되었을 때 바 문이 다시 열렸고, 이번에는 부엌 방의 공기 중에 어떤 전율이 흘렀다. 기다리던 일이 일어났다는 뜻이리라. 자자는 하마터면 일어서서 문을 열러 뛰어나갈 뻔했으나, 매그레의 시선이 그녀의 몸을 붙잡았다. 실비는 자신은 관심이 없음을 보여 주고 싶은 듯,

고개를 옆으로 돌렸다.

두 번째 문이 열렸다. 조제프가 들어왔다. 그는 먼저 매그레의 등을 보았고, 그다음에는 식탁과 잔들과 술병과 열린 핸드백과 지폐를 차례로 보았다.

반장은 천천히 몸을 돌렸고, 지금 들어온 사내는 꼼짝 못하고 서서 다만 낮게 한 마디 내뱉을 뿐이었다.

「빌어먹을!」

「문을 닫고…… 거기 앉아.」

카페 웨이터는 문을 닫았지만, 앉지는 않았다. 그는 기분이 잡친 듯 눈썹을 잔뜩 찌푸리면서도, 결코 냉정함은 잃지 않았다. 그 반대였다! 갈수록 차분해져 갔다. 그는 자자에게 다가가서는 그녀의 이마에 키스를 했다.

「안녕?」

그러고는 계속 머리를 숙이고 있는 실비에게도 마찬가지로 했다.

「무슨 일이야?」

바로 이 순간, 매그레는 자신의 위치가 결코 유리하지만은 않다는 것을 깨달았다. 하지만 이런 경우에는 늘 그러듯이, 그는 전세가 불리해져 간다고 느낄수록 더욱 고집스럽게 밀어붙였다.

「지금 어디서 오는 길이지?」

「알아맞혀 보시죠!」

이렇게 말하고는 호주머니에서 지갑을 꺼내더니, 다시 거기서 조그만 수첩 같은 것을 하나 꺼내어 매그레에게 내밀었다. 다름 아닌 신분증으로, 프랑스에 체류하는 외국인들에게 발부하는 종류였다.

「처리가 좀 늦었죠……. 도청에 갱신하러 갔었습니다.」

과연 체류증에는 날짜와 이름이 적혀 있었다.

조제프 암브로시니. 밀라노 출신. 호텔 종업원.

「해리 브라운은 안 만났나?」

「내가요?」

「그리고 지난 화요일, 아니면 수요일에 그를 처음 만나지 않았고?」

조제프는 미소를 지으며 그를 쳐다보았다. 마치 이렇게 말하는 것 같은 표정으로. 〈지금 무슨 말씀을 하고 계시죠?〉

「이것 봐, 암브로시니! 자네가 실비의 애인이란 걸 부인하지 못할 텐데?」

「그게 정확히 무슨 뜻인지 모르겠습니다……. 아, 물론 나도 가끔씩…….」

「아냐! 아냐! 자네는 소위 말하는 그녀의 기둥서방이

잖아!」

　불쌍한 자자! 그녀가 살아오면서 이렇게 불행했던 적
은 한 번도 없었다. 그녀가 마신 알코올이 사물을 보는
눈을 흐려 놓은 모양이었다. 이따금 그녀는 두 사람 사
이에 끼어들어 화해를 시키고 싶은 듯 뻐끔뻐끔 입을 벌
리곤 했다. 아마도 이렇게 말하고 싶었으리라. 〈자, 자,
얘들아! 우리, 서로 사이좋게 지내자, 응? 정말 그렇게
서로 힘들여 싸울 필요가 있는 거야? 자, 우리 같이 건배
하자…….〉

　조제프로 말하자면, 경찰과의 시합은 이번이 처음이
아닌 듯했다. 그는 훌륭한 방어 자세를 취하고 있었다.
그리고 그의 냉정함은 허풍이 조금도 섞여 있지 않으면
서도 완벽했다.

　「반장님이 얻은 정보는 잘못된 겁니다.」

　「그래서 자네는 이 2만 프랑이 뭔지 모른단 말이야?」

　「그건 실비가 번 돈인 것 같은데요……. 그녀는 충분히
예쁘니까 그 정도는…….」

　「됐어!」

　매그레는 다시금 벌떡 일어섰다. 그러고는 조그만 방
을 뚜벅뚜벅 왕복했다. 실비는 자기 발만 내려다봤다. 조
제프는 조금도 눈을 깔지 않았다.

　「자, 너도 한 잔 마셔!」 자기 잔에 술을 따를 기회를 얻

게 된 자자가 조제프에게 말했다.

매그레는 어떻게 해야 할까, 잠시 망설였다. 그는 6시 15분을 가리키고 있는 자명종 앞에서 오랫동안 멈춰 서 있었다. 마침내 몸을 돌렸을 때, 그는 또박또박 말했다.

「좋아! 두 사람 모두 날 따라오도록! ……둘 다 체포한다!」

암브로시니는 꿈쩍도 하지 않았다. 다만 약간 빈정대는 어조로 이렇게 웅얼댔을 뿐이다.

「좋으실 대로 하십쇼!」

반장은 1천 프랑짜리 지폐 스무 장을 자기 호주머니에 넣고는, 모자와 핸드백은 실비에게 돌려주었다.

「자, 두 사람에게 수갑을 채워야 하나, 아니면 내게 약속해 줄 수 있겠는가?」

「걱정 마십시오. 내빼진 않을 테니.」

자자는 실비를 끌어안고 흐느꼈다. 실비는 그녀의 품에서 벗어나려 했다. 그리고 뚱뚱한 여인이 세 사람을 따라 거리까지 나오려는 것을 말리려고 무진 애를 써야 했다.

집마다 등이 켜지고 있었다. 다시 축 처지는 시간이 된 것이다. 그들은 보세주르 호텔이 우뚝 서 있는 거리 근처를 지났다. 하지만 조제프는 그쪽으로는 눈 한 번 돌리지 않았다.

경찰서에서는 주간(畫間) 팀이 막 퇴근하는 참이었다.

사무직원은 서둘러 반장에게 필요한 서류들에 서명하게
했다.

「이 두 사람은 따로 가둬 주시오……. 난 아마 내일 이
들을 보러 오게 될 거요.」

실비는 사무실 안쪽의 벤치에 앉았다. 조제프는 종이
로 담배를 말다가, 제복 차림의 순경에게 빼앗겼다.

매그레는 아무 말 없이 걸어 나갔다. 한 번 고개를 돌
려 실비를 쳐다봤지만, 그녀의 시선은 딴 곳을 향해 있었
다. 그는 어깨를 으쓱하고는 웅얼거렸다.

「할 수 없지, 뭐!」

버스의 좌석에 몸을 깊이 파묻은 매그레는 이 버스가
만원이라는 것과, 자기 옆에 한 노부인이 서 있다는 사실
조차 의식하지 못했다. 그의 시선은 차창 쪽으로 향해 있
었다. 줄지어 지나가는 자동차 전조등들을 눈으로 쫓으
면서 맹렬히 파이프를 피워 댔고, 급기야 노부인은 몸을
굽혀 속삭여야만 했다.

「선생님, 죄송하지만…….」

마치 꿈을 꾸다가 깨어난 사람 같았다. 그는 황급히 일
어나서는 시뻘겋게 타오르는 재를 어디다 떨어야 할지
몰라 허둥댔다. 그 광경이 얼마나 우스웠던지 뒤에 앉은
젊은 커플이 풋 하고 웃음을 터뜨렸다.

7시 반, 그는 프로방살 호텔의 회전문을 밀고 들어갔다. 부티그 형사가 로비의 소파에 앉아 호텔 지배인과 얘기하고 있는 모습이 눈에 들어왔다.

「어떻게 됐소?」

「그는 위에 있어요……」 대답하는 부티그의 표정이 심란해 보였다.

「내가 말한 대로 그에게 얘기했소?」

「네…… 별로 놀라지 않더군요. 막 항의할 줄 알았는데……」

지배인이 기다리고 있다가 뭔가 질문하려 했는데, 그가 입을 열려고 하는 순간, 매그레는 서둘러 엘리베이터로 향했다.

「여기서 반장님을 기다릴까요?」 부티그가 소리쳐 물었다.

「그러시구려.」

서너 시간 전부터 그가 빠져 있는 정신 상태는 그에게는 너무도 익숙한 것이었다. 그리고 이런 경우엔 항상 그렇듯, 그는 지금 물불 안 가리고 행동하고 있었다. 이런 자신을 충분히 의식하고 있으면서도 어찌할 수가 없었다.

무언가 바보 같은 실수를 저지르고 있다는 느낌……. 이 느낌은 그가 호텔 앞에서 실비와 마주쳤을 때부터 떠나지 않았다.

하지만 무언가가 그를 계속 앞으로 떠밀고 있는 것이다!

어디 그뿐이랴? 그는 자신이 옳다는 것을 스스로에게 설득하고 싶어서라도 더욱 맹렬하게 돌진하고 있었다!

그리스를 듬뿍 먹인 강철을 타고 엘리베이터가 미끄러지듯 올라갔다. 그리고 매그레는 파리에서 받은 특별 지시를 되뇌었다.

「무엇보다도, 시끄러운 이야기들이 나오지 않도록!」

그가 직접 앙티브까지 내려온 것은 바로 이 때문이 아니었던가? 〈시끄러운 이야기〉들, 즉 스캔들을 방지하기 위해서 말이다!

다른 때 같았으면 브라운의 스위트룸에 파이프를 물지 않고 들어갔을 것이다. 하지만 지금 그는 일부러 파이프에 불을 붙였다. 그는 노크를 한 다음, 곧바로 들어갔다. 그리고 전날과 똑같은 분위기와 마주하게 되었다.

브라운은 역시나 흠잡을 데 없는 옷차림으로 비서에게 각종 지시를 내린다, 전화에 응답한다, 시드니에 보낼 전보문을 구술한다 하면서 방 안을 왔다 갔다 하고 있었다.

「잠시만 기다려 주시겠습니까?」

불안해하는 기색은 털끝만큼도 없었다! 이 사내는 삶의 모든 상황에서 차분했으며, 여유 만만했다. 오늘 아침, 자기 아버지 장례식을 그토록 특별한 조건에서 진행해야 했으면서도 어디 눈 하나 깜박했던가? 그 이상한 네 여자의 존재 앞에서 눈곱만큼이라도 흔들리는 모습을 보였던가?

그리고 그날 오후, 그 남부끄러운 호텔에서 나올 때에도 그는 조금도 당황하지 않았다. 우물쭈물하는 모습은 단 1초도 보이지 않았다.

그는 전보문 구술을 계속했다. 동시에 매그레 앞에 있는 외다리 탁자 위에 시가 한 상자를 내려놓고, 직원 호출용 벨을 눌렀다.

「제임스, 전화를 내 방으로 가져다 놓도록.」

그리고 나타난 급사장에게 말했다.

「위스키 한 잔!」

과연 저런 놀라울 정도로 완벽한 모습의 어디까지가 꾸민 부분이고, 어디까지가 자연스러운 부분일까?

〈교육의 결과겠지! 옥스퍼드나 케임브리지 같은 곳에서 양육된 게 틀림없어……〉 매그레는 생각했다.

이것은 콜레주 스타니스라스[26] 출신들이 흔히 보이는 해묵은 반감이었다! 찬탄의 감정이 뒤섞인 반감 말이다.

「마드무아젤, 당신도 당신 기계를 가져가도록 해요.」

오, 그런데 문제가 있었다! 브라운은 타자수가 잔뜩

---

26 파리의 부촌 몽파르나스 지구에 위치한 가톨릭계 중등 사립 학교. 루이르그랑과 앙리 카트르 고등학교와 함께 프랑스의 대표적인 엘리트 중등 사립 학교이다.

쌓인 노트며 연필들을 어떻게 해야 할지 몰라 당황하는 것을 보았다. 그는 무거운 타자기를 직접 들어서 옆방에 날라다 준 다음, 문을 잠가 버렸다.

그러고 나서 호텔 급사장이 위스키를 가져올 때까지 기다렸다가, 술을 시중들 사람은 매그레라고 가리켰다.

둘만 남게 되었을 때에야 그는 호주머니에서 지갑을 꺼냈다. 그리고 거기서 날인이 된 서류 한 장을 꺼내서는 자신이 먼저 쓱 훑어본 다음, 반장에게 내밀었다.

「읽어 보세요……. 영어 읽을 줄 아십니까?」

「형편없는 실력이오.」

「이건 내가 오늘 오후, 보세주르 호텔에서 2만 프랑에 산 서류입니다.」

그는 자리에 앉았다. 그다음부터는 일사천리였다.

「먼저 반장님께 몇 가지 사소한 것들을 설명드려야겠습니다……. 반장님, 오스트레일리아에 대해 좀 아십니까? 아, 유감이군요……. 제 선친은 결혼 전에 아주 넓은 땅을 소유하고 계셨습니다. 프랑스의 한 도만큼이나 넓은 땅이죠……. 결혼하고 나서는 오스트레일리아 최대의 목양업자가 되셨습니다. 왜냐면 제 모친께서 그 못지않게 드넓은 소유지를 지참금으로 가져오셨거든요.」

해리 브라운은 천천히 얘기하면서, 되도록 불필요한 말은 하지 않고 명확하게 표현하려 애를 썼다.

「당신은 신교도입니까?」 매그레가 물었다.

「온 가족이 그렇습니다. 외가 쪽도 마찬가지고요.」

그가 다시 말을 이으려 했으나, 매그레가 끊었다.

「그럼 부친께선 유럽에서 공부하지 않으셨군요. 그렇죠?」

「네. 그때만 해도 그게 유행이 아니었습니다. 유럽엔 결혼하고 나서야 오셨어요……. 결혼한 지 5년 후, 벌써 아이가 셋이나 되었을 때였죠.」

유감스럽게도 매그레의 짐작이 틀린 것이었다! 그는 머릿속에서 이 모든 것을 그림으로 한번 그려 보았다. 드넓은 소유지 한가운데 우뚝 서 있는 거대하면서도 검소한 저택, 그리고 장로파 목사들과 흡사한 엄숙한 표정의 사람들도…….

자기 아버지 일을 이어받았고, 결혼했고, 아이들을 낳았고, 사업에만 열중했던 윌리엄 브라운…….

「그러던 어느 날, 어떤 소송 문제로 유럽에 오셔야만 했습니다.」

「혼자서요?」

「네, 혼자서 오셨죠!」

그렇다면 얘기는 간단했다! 파리! 런던! 베를린! 코트다쥐르……! 그리고 브라운은 깨닫게 되었으리라. 막대한 재산을 지닌 자신은 이 화려한 세계 안에서 매력 넘치는 사내라는 것을! 일테면 왕 같은 존재라는 것을!

「그리고 고국으로 돌아가지 않으셨구먼!」 매그레가
한숨을 쉬었다.

「안 돌아오셨어요. 대신 그분은……」

소송은 늘어졌다. 목양업자와 관계가 있는 사람들은
그를 신나게 즐길 수 있는 장소들로 데리고 갔다. 그는 여
자들과 관계를 맺었다.

「2년 동안 아버지는 계속 귀국을 연기했어요.」

「그럼 거기서 그분 대신 사업은 누가 이끌었소?」

「제 모친이죠. 그리고 외숙부님……. 그리고 이곳에 있
는 우리나라 사람들에게서 편지들이 날아왔습니다. 거기
에 어떤 얘기가 적혀 있었냐면……」

더 안 들어도 알 만했다! 매그레는 충분히 이해한 것이
다! 목장과 양과 이웃들과 목사들밖에 모르던 브라운이
고삐 풀린 망아지처럼 놀아 댄 것이다! 그때까지는 상상
조차 못 했던 세상의 온갖 쾌락들을 마음껏 누린 것이다!

그는 끊임없이 귀국을 뒤로 미뤘다. 일부러 소송이 길
어지게끔 했다. 소송이 끝나자, 이곳에 남아 있을 다른 핑
곗거리들을 찾아냈다…….

요트도 한 척 샀다. 그는 모든 것을 살 수 있고, 스스로
에게 모든 것을 허용할 수 있는 여남은 명의 인물 중 하
나였다.

「그래서 모친과 외숙부께서 그에게 법정 후견을 부과

받게 한 건가요?」

지구 반대편의 사람들은 자신을 지킬 생각을 한 것이다! 그들은 원하는 판결을 얻어 낸 것이다! 그리고 어느 날 아침, 니스 혹은 몬테카를로의 어딘가에서 깨어난 윌리엄 브라운은 최저 생계 연금 외에는 알몸뚱이가 되어 버린 자신을 발견했으리라!

「오랫동안 아버지는 계속해서 빚을 졌고, 우리는 그걸 갚아 줬지요……」 해리가 말했다.

「그리고 나서 더 이상 갚아 주지 않게 된 거요?」

「무슨 말씀입니까! 난 매달 5천 프랑씩을 계속 보내 드렸습니다.」

이 모든 설명에도 불구하고 매그레는 아직 완전히 명확하지는 않다고 느꼈다. 뭔가 찜찜하게 느껴졌고, 이런 감정은 그로 하여금 불쑥 다음과 같이 질문하게 만들었다.

「부친이 사망하기 며칠 전, 당신은 여기 와서 부친에게 무얼 제의하셨소?」

이렇게 말하고 상대방의 표정을 엿보았으나, 그건 쓸데없는 일이었다. 브라운은 조금도 당황하지 않고 평소처럼 자연스럽게 대답했다.

「어쨌거나 아직 아버지에겐 여러 가지 권리들이 남아 있습니다. 그렇지 않은가요? 15년 전부터 그분은 판결에 대해 이의를 제기해 왔지요……. 지금 그쪽에선 큰 소송이 진행 중입니다. 이를 위해 다섯 명의 변호사가 일하고 있죠. 그리고 우린 소송이 완전히 종결될 때까지는 임시적인 재산 체제하에 놓이기 때문에, 큰 거래는 하지 못하고 있는 실정입니다…….」

「잠깐만…… 그러니까 당신 부친은 프랑스에 혼자 살고 있고, 오스트레일리아에서는 법조인 몇 명이 그를 대리하여 그의 이권을 위해 싸우고 있는 거고…….」

「그다지 평판이 좋지 않은 법조인들이죠…….」

「물론 그렇겠지! 그리고 다른 진영에는 당신 모친, 외숙부, 두 형, 그리고 당신 자신이…….」

「예스! ……맞습니다!」

「그럼 그 양반이 무대에서 완전히 사라지는 조건으로 당신은 무얼 제의했소?」

「백만 프랑!」

「다시 말해서 그 양반으로선 손해 보는 게 아니지. 왜냐면 이 액수를 좋은 곳에 예치시켜 놓으면 그 이자만도 지금 받는 연금보다 나을 테니까……. 그런데 그는 왜 거절한 거요?」

「우릴 열통 터지게 하려고요!」

이렇게 말하는 해리의 어조 자체는 매우 점잖았다. 아마도 이 특별한 표현이 고상하기만 한 그의 입에서 나올 때 약간 괴상하게 느껴진다는 사실을 잘 몰랐을 것이다.

「그건 하나의 집착이었어요······. 그분은 우릴 가만히 놔두고 싶지 않았던 거죠.」

「그래서 거절했구먼······.」

「네! 그러곤 내게 선언하더군요. 자기가 죽고 나서도 골치 아픈 일들이 계속되게끔 해놓겠다고요.」

「골치 아픈 일? 그게 뭔데요?」

「소송 말입니다! 저쪽에서 우린 그것 때문에 적잖은 피해를 입고 있어요.」

더 이상의 설명이 필요할까? 그저 눈앞에 한번 떠올려 보면 모든 게 저절로 이해되지 않는가? 리버티 바를, 자자를, 반벌거숭이 실비를, 그리고 먹을 걸 들고 오는 윌리엄을······ 또는 그 너저분한 별장과 젊고 늙은 두 마르티니 여인을, 그가 이들을 태우고 장 보러 가곤 하던 그 고물 자동차를······.

그리고 지금 눈앞의 이 해리 브라운을 한번 쳐다보라. 모든 적대적인 요소들을, 즉 질서와 미덕과 법을 대표하고 있는 이 사내를······. 이 반들거리는 모발을, 흠잡을 데 없는 정장을, 냉정함을, 약간은 차갑게 느껴지는 정중함을, 그리고 이 비서들을······.

⟨우릴 열통 터지게 하려고요!⟩

윌리엄의 모습이 한층 생생하게 다가오는 느낌이었다! 오랫동안 이 아들과, 저쪽에 사는 그 모든 사람들과

똑같았을 그가 한순간에 질서와 미덕과 교양과 절연해
버린 것이다.

한마디로 그는 적이 되었고, 사람들은 그를 가족 명부
에서 완전히 지워 버린 것이다.

그래, 그는 끈질기게 달라붙었다! 그는 자신이 결국 소
송에서 이기지 못한다는 것을 잘 알고 있었다. 자신은 이
제 저주받은 자가 되었음을 너무나도 잘 알고 있었다!

하지만 그는 그들을 열통 터지게 할 작정이었다……!

이를 위해 그가 무엇인들 못 하겠는가? ……그를 부인
하고, 계속해서 돈을, 더 많은 돈을 벌기 위해 정신없이
뛰고 있는 자기 아내와 자기 처남과 자기 자식들을 엿 먹
이기 위해서라면…….

「이제 그분은 돌아가셨습니다. 그렇지 않습니까?」 해리
가 차분하게 설명했다. 「소송은 자연스레 종결됐고, 더불
어 이 모든 골치 아픈 일들, 우리나라의 고약한 인간들을
즐겁게 해주었던 이 모든 불미스러운 이야기들도 …….」

「물론이죠!」

「그런데 그분이 유언장을 하나 작성해 놓으셨어요…….
자기 아내와 자식들의 재산을 빼앗는 것은 불가능했습니
다. 하지만 자기 재산의 일부를 처분할 수는 있었죠…….
아버지가 그걸 어떻게 했는지 아십니까? 그 네 여자에게
준 겁니다…….」

매그레는 하마터면 웃음을 터뜨릴 뻔했다. 어쨌든 미소가 새어 나오는 것은 막을 수가 없었다. 엄마 마르티니와 딸 마르티니가, 그리고 자자와 실비가 그들의 권리를 지키기 위해 오스트레일리아에 도착하는 모습을 한번 상상해 보라!

「지금 가지고 있는 게 바로 그 유언장이오?」

그것은 공증인 입회하에, 법적으로 아무런 하자 없이 작성된 장문의 유언장이었다.

「제 선친이 자기가 죽은 후에도 골치 아픈 일이 계속될 거라고 말했을 때, 이걸 언뜻 암시하셨습니다…….」

「그 조항들을 알고 계셨소?」

「오늘 아침까지만 해도 난 아무것도 몰랐습니다……. 장례식을 마치고 프로방살 호텔에 돌아오니, 한 남자가 날 기다리고 있더군요.」

「이름이 조제프라는 자였소?」

「일종의 카페 웨이터 같은 사람이었죠……. 그는 이것의 사본을 내게 보여 주었습니다. 그러고는 만일 원본을 사고 싶다면, 2만 프랑을 가지고 칸의 한 호텔로 오면 된다고 말하더군요……. 보통 이런 종류의 사람들은 거짓말을 하지 않죠…….」

매그레의 얼굴이 엄하게 굳어졌다.

「다시 말해서, 당신에겐 유언장을 파기할 의도가 있었

어! 심지어는 그 의도를 실행에 옮기려고도 했고!」

「난 내가 어떤 행동을 하고 있는지 잘 알고 있습니다.」 그는 차분하게 말했다. 「그리고 그 여자들이 어떤 부류의 사람들인지도 잘 알고 있고요…….」

그는 일어서서는, 매그레의 가득 찬 잔을 쳐다보았다.

「마시지 않으시렵니까?」

「사양하겠소!」

「그 어떤 법정도 충분히 이해할 겁니다. 즉…….」

「당신네 무리가 반드시 승소해야 한다는 걸 이해하겠지.」

도대체 무엇이 매그레로 하여금 이렇게 말하게 만들었던 것일까? 멍청한 실수를 저지르게 하는 어떤 현기증?

하지만 해리 브라운의 표정에는 조금의 변화도 없었다. 그는 타자기가 철컥대는 자기 방 문 쪽으로 향하며 또박또박 말했다.

「문서는 파기되지 않았습니다. 반장님께 드리지요……. 난 별도의 지시가 있을 때까지 여기 남아 있을 겁니다…….」

방문이 벌써 열리면서 비서가 알렸다.

「런던에서 온 전화입니다.」

그는 수화기를 들고 있었다. 그걸 받아 든 브라운은 유창한 영어로 통화를 시작했다.

매그레는 그 틈을 타서 유언장을 들고 방을 빠져나왔다. 엘리베이터 호출 버튼을 눌렀지만 엘리베이터는 올라올 생각을 안 했고, 결국 층계를 통해 내려가면서 주문처럼 되뇌었다.

「무엇보다도, 시끄러운 이야기는 나오지 않도록!」

1층 로비에서는 부티그가 호텔 지배인과 함께 포르토를 마시고 있었다. 큼직하고 멋진 시음용 크리스털 잔들이 보였고, 술병은 아예 옆에다 갖다 놓고 퍼마시는 중이었다.

8

네 상속녀

부티그 형사는 매그레 옆에서 종종걸음으로 따라오다가, 20미터도 못 가서 이렇게 알렸다.

「방금 어떤 사실을 발견했어요! 아까 그 지배인 말이죠, 오래전부터 알고 지내는 사람인데, 같은 회사에 소속된 카프 페라의 카프 호텔도 관리하고 있거든요……」

그들은 프로방살 호텔을 막 빠져나왔다. 그들 앞에 펼쳐진 밤바다는 잉크의 늪처럼 정체해 있어, 조그만 떨림하나 일지 않았다.

오른쪽에는 칸의 불빛들이, 왼쪽에는 니스의 불빛들이 반짝였다. 부티그의 손이 반딧불이들 너머의 어둠을 가리켰다.

「카프 페라를 아세요? 니스와 몬테카를로 사이에 있는곳 말입니다.」

매그레도 알고 있었다. 이제 그는 코트다쥐르 지방을

대충 파악하고 있었다. 칸에서 시작하여 망통에서 끝나는 긴 대로. 그 60킬로미터에 달하는 대로 주변에 흩어진 별장들, 드문드문 서 있는 카지노, 특급 호텔들…….

그 유명한 새파란 바다…… 산…… 그리고 광고 전단들이 약속하는 그 모든 감미로운 것들…… 오렌지 나무, 미모사, 태양, 종려나무, 금송, 테니스장, 골프장, 다방, 그리고 미국식 바들…….

「아까 뭘 발견했다고?」

「그러니까 말이죠, 해리 브라운은 이 코트다쥐르에 숨겨 놓은 정부가 하나 있어요! 그가 그녀 집을 찾아가는 것을 지배인이 카프 페라에서 여러 번 봤답니다……. 과부인지 이혼녀인지, 나이는 서른 살 정도 됐고요, 아주 반듯해 보이는 여자인데 브라운이 별장을 하나 얻어 준 모양이더군요.」

지금 매그레는 듣고 있기나 한 걸까? 그는 뚱한 표정으로 그 명성 높은 밤바다의 파노라마만 바라보고 있었다. 부티그는 말을 이었다.

「대략 한 달에 한 번꼴로 찾아간답니다……. 카프 호텔에서는 모두가 아는 얘기지요. 왜냐면 브라운은 이 관계를 숨기려고 온갖 코미디를 벌이는 모양이거든요……. 그래서 외박하고 들어올 때는 관리자용 층계로 올라온답니다. 밤에 나가지 않는 척하려는 거죠.」

「웃기는 얘기구먼.」 매그레의 어조가 너무도 심드렁하여 형사는 당황하지 않을 수 없었다.

「이제 그를 더 이상 감시하지 않을 건가요?」

「그렇소…… 아니…….」

「카프 페라의 그 문제의 숙녀분을 보러 가실 건가요?」

매그레로서도 전혀 알 수가 없었다! 그도 한꺼번에 수십 가지를 생각할 수 없는 사람이었고, 지금은 해리 브라운이 아니라, 윌리엄 브라운을 생각하고 있었던 것이다. 마세 광장에 이르러 그는 동료와 건성으로 악수를 나눈 후 택시에 올라탔다.

「카프 당티브 방향 도로를 쭉 따라갑시다……. 설 곳은 내가 알려 주겠소.」

그러고는 자동차 한구석에서 혼잣말로 되뇌었다.

「윌리엄 브라운은 살해되었어……!」

조그만 철책 문, 자갈 깔린 소로, 그리고 초인종, 불이 밝혀지는 현관문 위의 전등, 현관홀에서 나는 발소리, 빠끔하게 열리는 문…….

「아, 반장님이셨군요!」 매그레를 알아본 지나 마르티니는 안도의 한숨을 내쉬며, 그가 들어올 수 있게끔 옆으로 비켜섰다.

응접실에서 남자 목소리가 들렸다.

「들어가세요……. 제가 설명드릴게요.」

남자는 수첩을 들고 서 있었고, 노파는 옷장에 몸을 반쯤 들이밀고 있었다.

「이분은 프티피스 씨예요……. 우리가 와달라고 부탁했죠. 왜냐면…….」

마른 체격의 프티피스 씨는 긴 콧수염이 처량하게 늘어져 있고, 눈에는 피로가 가득했다.

「이곳에서 가장 큰 별장 임대 사무실 실장님이세요…….우리가 이분을 부른 것은 이분의 자문을 얻고…….」

여전히 그 진한 사향 냄새가 느껴졌다. 두 여자는 이제 상복을 벗고, 실내 가운과 실내화 차림이었다.

집 안이 온통 어수선했다. 집 조명이 평소만큼 밝지 않은 것일까? 실내가 온통 칙칙한 잿빛에 잠겨 있는 듯한 느낌이었다. 옷장에서 몸을 뺀 노파는 매그레에게 인사를 하고는 설명했다.

「장례식에서 그 두 여자를 보고 나니까 마음이 영 불안해서요……. 그래서 이 프티피스 씨에게 자문을 구했죠.이분도 저처럼 목록을 작성해야 한다고 생각하세요.」

「무슨 목록 말이죠?」

「우리에게 속한 물건과 윌리엄에게 속한 물건을 정리해 놓은 목록……. 오늘 오후 2시부터 계속 작업하고 있답니다.」

설명 없이도 알 것 같았다! 탁자마다 속옷이 산처럼 쌓여 있었고, 바닥에는 온갖 잡동사니들이 널려 있었으며, 바구니들에도 속옷이 가득했다.

프티피스 씨는 뭔가를 적어 가면서, 물건 이름들 옆에다 곱표를 하고 있었다.

도대체 여길 무얼 하러 왔단 말인가? 이건 더 이상 브라운의 별장이 아니었다. 여기서 그의 추억을 더듬어 봤자 헛수고였다. 옷장마다 서랍마다 내용물을 모두 꺼내어 방 안에 쌓아 놓았고, 선별하고, 분류해 놓고 있었다.

「이 냄비는 원래부터 내 거였어. 내가 20년 전에 툴루즈의 우리 집에서 살 때 샀던 거라고.」 노파가 말했다.

「반장님, 뭣 좀 드실래요?」 지나가 물었다.

벌써 사용한 잔 하나가 놓여 있었다. 프티피스 씨라는 사업가가 마시는 거였다. 그는 메모를 해가며 시가를 피웠다. 브라운의 시가였다.

「괜찮아요…… 내가 들른 것은 단지…….」

이 여자들에게 무슨 할 말이 있었단 말인가?

「내일, 살인범을 잡을 수 있을 것 같다고 말씀드리려고…….」

「벌써요?」

그들은 살해범 검거에는 별로 관심도 없었다. 대신 노파는 이렇게 물었다.

「그 아들내미를 만나고 오셨을 것 같은데요, 그렇죠? 그가 무슨 말을 하던가요? 어떻게 할 생각이래요? 여기 와서 다 뺏어 갈 생각이 있는 건가요……?」

「글쎄요, 모르겠네요……. 아마 그러진 않을 겁니다…….」

「그렇다면 정말 부끄러운 일이죠! 그렇게나 돈이 많은 사람들이! 그리고 그렇게 돈 많은 인간들이 윌리엄을…….」

노파는 진정으로 힘들어하고 있었다! 그녀에게 불안감은 일종의 고문이었으니까! 주위의 이 모든 낡아 빠진 잡동사니들을 둘러보는 그녀의 눈에는 이것들을 잃게 되지나 않을까 하는 두려움이 가득했다.

그런데 지금 매그레의 손은 지갑 위에 가 있었다. 그것을 열어서 그 조그만 종이 쪼가리 하나를 꺼내어 두 여자에게 보여 주기만 한다면…….

당장에 두 여자는 신이 나서 덩실덩실 춤을 추지 않겠는가? 심지어 어머니는 너무 벅찬 기쁨에 그대로 숨을 거둬 버리지나 않을까?

어마어마한 액수의 돈! 물론 그 돈을 당장 얻게 되진 못하리라. 오스트레일리아로 건너가 대대적인 소송을 통해 싸워서 획득해야만 하리라!

하지만 이들은 그곳으로 가리라! 이들이 여객선에 오르는 광경이, 거기에 도착해 품위 있는 모습으로 배에서 내리는 광경이 눈앞에 선히 그려졌다.

그들의 일을 맡길 사업가는 더 이상 프티피스 씨 같은 사람이 아니고, 공증인들, 소송 대리인들, 혹은 변호사들이리라!

「자, 두 분이 일하실 수 있게끔 먼저 가볼게요……. 내일 다시 찾아뵙겠습니다…….」

택시가 여전히 문 앞에서 기다리고 있었다. 그는 행선지를 말하지 않고 차에 올라타 앉았고, 기사는 자기가 열어 준 차 문을 잡은 채로 지시를 기다렸다.

「……칸으로 갑시다.」 마침내 매그레가 말했다.

그리고 다시금 똑같은 생각들이 머릿속에 번갈아 떠올랐다.

〈브라운은 살해됐어……!〉

〈시끄러운 얘기가 나오지 않게 하라…….〉

빌어먹을 브라운! 만일 상처가 가슴에 나 있었다면, 그가 세상을 엿 먹이려고 자살해 버렸다고 생각할 수도 있으리라……. 하지만 제기랄, 자기 몸을 뒤에서 찌를 수는 없지 않은가?

브라운이라는 인물 자체는 더 이상 매그레의 호기심의 대상이 아니었다. 이제 반장은 오래전부터 알고 지내던 친구만큼이나 그를 잘 알고 있는 듯한 느낌이었다.

먼저 오스트레일리아에서의 윌리엄……. 부유하고, 잘 교육받았고, 약간은 소심하던 소년……. 그렇게 부모 집에서 살다가 나이가 차서는 양갓집 규수와 결혼하여 아이들을 낳았다…….

이 브라운은 아들 브라운과 상당히 비슷한 인물이었다. 어쩌면 알 수 없는 우울에도 빠졌을 거고, 막연한 욕구들도 느꼈겠지만, 이 모든 것들을 일시적인 건강 쇠약의 탓으로 돌리고 다시 정신을 가다듬곤 했으리라…….

이 브라운이 유럽에 왔다……. 갑자기 제방들이 허물어져 내렸다……. 그는 더 이상 자신을 억제할 수 없다……. 눈앞에 펼쳐지는 그 모든 가능성들 앞에서 그는 정신을 차리지 못했으리라…….

그는 칸에서 망통까지 펼쳐진 이 대로의 단골이 되었다. 칸에서의 요트 놀이…… 니스에서의 바카라 게임…… 그리고 다른 모든 것들! 그리고 〈저쪽〉으로 돌아가야 한다는 생각이 들 때마다 어마어마한 권태감이 밀려들었다…….

〈다음 달에 돌아가야지…….〉

하지만 다음 달에도 역시 마찬가지였다!

그러자 그들은 돈을 끊어 버렸다. 처남이 두 눈을 부릅 뜨고 지켜보고 있었다! 브라운 일가의 모든 이들이 자기들을 방어하겠다고 나선 것이다!

그는 도저히 이 대로를 떠날 수 없었다. 코트다쥐르의 이 나른한 분위기, 이 느슨함, 이 가벼움, 이 편안함을……. 더 이상 요트는 없었다. 조그만 별장 하나만 덩그러니

남았다…….

여자의 영역에 있어서도 몇 단계 하락하여 지나 마르
티니라는 여자에 이르렀다.

그리고 또다시 어떤 염증…… 한층 무질서하고 한층
늘어지고 한층 퍼질러진 삶에 대한 필요……. 카프 당티
브의 별장마저도 이제는 너무도 부르주아적인 것으로 느
껴졌다.

결국 그는 리버티 바를 찾아냈다. 자자…… 실비…….

그리고 저쪽에서 착실하게 살고 있는 브라운 일가와
맞서, 그들을 열통 터지게 하기 위해, 소송을 계속하고 있
었다. 또 유언장을 통해 자기가 죽은 후에도 그들이 계속
골탕을 먹게끔 조치해 놓았다…….

이런 그의 행동이 옳은 것인지 틀린 것인지 매그레가
따질 바는 아니었다. 그렇기는 하지만…… 반장은 자꾸
만 아버지를 아들과, 그 반듯하고 자신을 통제할 줄 알고
중용을 지킬 줄 아는 해리 브라운과 비교하려 드는 자신
을 어쩔 수가 없었다.

해리는 무질서를 싫어했다. 그렇지만 해리에게도 어떤
불안한 욕구들이 숨어 있지 않았던가?

그는 카프 페라에 정부를 하나 앉혀 놓았다……. 그에
걸맞게 반듯한 정부, 과부인지 이혼녀인지는 모르겠으나
사람들의 눈에 띄지 않게끔 조용히 지낼 줄 아는 정부…….

심지어 그는 투숙하는 호텔에서조차 자기가 외박한다는 사실이 알려져서는 안 되었다!

질서…… 무질서…… 질서…… 무질서…….

이 경기의 심판은 매그레였다. 왜냐면 그의 호주머니 속에 문제의 유언장이 들어 있으니까!

그는 당장이라도 네 여자를 경기장 안에 풀어놓을 수 있는 것이다!

윌리엄 브라운의 이 네 여자가 〈거기〉에 도착한다면, 그때는 정말이지 굉장한, 아주 볼만한 광경이 벌어지리라! 그 시든 젖가슴을 축 늘어뜨리고, 그 코끼리처럼 퉁퉁 부은 발목과 아픈 발을 질질 끌며 나타날 자자, 내밀한 공간에 있을 때는 그 야윈 몸에 실내 가운 한 장 이상을 감당하지 못하는 실비…….

그리고 얼굴에 분이 비늘처럼 덕지덕지 붙어 있는 마르티니 노파. 또 아예 체취가 되어 버린 사향 냄새를 풍기는 젊은 마르티니…….

택시는 그 명성 높은 대로를 따라 달리고 있었다. 저쪽에 칸의 불빛들이 보였다.

〈시끄러운 이야기가 나오지 않도록!〉

택시는 앙바사되르 호텔 앞에 멈추었고, 운전사가 물었다.

「어디로 모셔야 합니까?」

「아무 데나 괜찮소! ……좋아, 여기서 내리지!」

매그레는 요금을 치렀다. 카지노에는 휘황한 불이 밝혀져 있었다. 저녁 9시가 다 된 시간이라서, 고급 승용차 몇 대가 도착하고 있었다.

그리고 칸과 망통 사이에 이와 같은 카지노 열두 곳에 휘황한 조명이 들어오고 있었다! 그리고 수백 대의 고급 승용차들도…….

걸어서 그 골목길까지 간 매그레는 리버티 바가 잠겨 있음을 확인했다. 불빛 하나 보이지 않았다. 가로등의 희미한 불빛만이 진열창의 유리를 통해 스테인리스 카운터와 슬롯머신 위에 흐릿한 미광을 던지고 있을 뿐이었다.

그는 문을 두드려 봤다. 그 노크 소리가 골목길 안에서 너무도 요란한 소리로 울리는 바람에 매그레 자신도 깜짝 놀랐다. 잠시 후, 그의 뒤쪽에서 문 하나가 열렸다. 맞은편 바의 문이었다. 웨이터가 매그레를 불렀다.

「자자 보러 오셨어요?」

「그렇소.」

「어떻게 오셨죠?」

「수사국 반장이오!」

「그렇다면 제가 부탁받은 게 있습니다. 자자는 곧 돌아온답니다. 그러니까 잠시 기다려 달라고 전해 달래요. 혹시 이쪽으로 들어오고 싶으시면…….」

「괜찮소.」

차라리 골목길 안을 뚜벅뚜벅 걷고 있는 편이 나았다. 맞은편 바 안에는 손님 몇 명의 모습이 어렴풋이 보였다. 어딘가에서 창문 하나가 열렸다. 한 여자가 바깥 골목에서 나는 소리를 들은 것이다. 그녀는 우물쭈물 물었다.

「……장, 자기야?」

「아니요!」

그리고 매그레는 골목길 안을 왔다 갔다 하면서 되뇌었다.

「먼저 누가 윌리엄을 죽였는지부터 알아야 해!」

10시……. 자자는 오지 않았다……. 발걸음 소리가 들릴 때마다 매그레는 흠칫하면서 이 기다림이 끝나기를 바랐다. 하지만 그때마다 그녀가 아니었다.

눈에 보이는 것이라곤 폭이 2미터 남짓하고, 포장도 제대로 안 되었지만 50여 미터나 길게 뻗어 있는 골목길이 전부였다. 진열창에 불이 밝혀진 한쪽 바와 어둠 속에 잠겨 있는 또 다른 바…….

그리고 기우뚱하게 서 있는 낡은 가옥들과 반듯한 사각형조차 제대로 이루지 못하는 창문들!

매그레는 맞은편의 바에 들어갔다.

「그녀가 어디 간다고 얘기하지 않았소?」

「아뇨! 뭣 좀 드시겠습니까?」

반장이 누구인지를 웨이터에게서 전해 들은 술꾼들은 그를 위아래로 훑어보았다.

「괜찮소!」

그는 다시 걸어서 거리 모퉁이까지 가보았다. 부끄러운 세계와, 정상적인 삶의 활기가 넘치는 밝은 부둣길 사이의 경계가 되는 지점 말이다.

10시 반…… 11시……. 모퉁이를 돌아서 첫 번째 카페는 이름이 〈해리스 바〉[27]였다. 오늘 오후에 매그레가 실비를 데리고 들어가 전화를 건 바로 그 카페였다. 그는 카페에 들어가 전화 부스로 향했다.

「경찰 당직실 바꿔 주시오. ……여보세요? 경찰이오? 나 매그레 반장이오……. 아까 내가 맡기고 간 두 친구에게 면회 온 사람 있었소?」

「네. 어떤 뚱뚱한 여자요.」

「와서 누구를 만났소?」

「처음엔 여자요……. 그러고는 남자를 봤죠……. 우린 어떻게 해야 할지 잘 몰라서…… 반장님이 특별히 지시를 안 남기셨잖아요.」

「그게 얼마 전이오?」

「적어도 한 시간 반은 됐을 겁니다……. 담배와 케이크를 사 왔어요.」

27 Harry's Bar. 〈해리의 바〉라는 뜻.

매그레는 초조함이 느껴지는 동작으로 전화를 끊었다. 그러고는 숨 돌릴 틈도 없이 프로방살 호텔에 전화를 걸었다.

「여보세요? ……여기, 경찰이오. ……그래요, 당신들이 아까 봤던 그 반장이오. 혹시 그동안에 해리 브라운을 찾아온 사람이 있었소?」

「한 15분 전에요……. 여자였습니다. 옷차림은 아주 허름했고요…….」

「그때 브라운은 어디 있었소?」

「식당에서 저녁 식사 중이었습니다……. 여자를 자기 방으로 올라오게 했죠.」

「그녀는 떠났소?」

「반장님 전화가 울렸을 때 층계를 내려왔습니다.」

「아주 뚱뚱하지요? 아주 천하게 생겼고?」

「맞습니다.」

「택시를 타고 갔소?」

「아뇨…… 그냥 걸어서 갔어요.」

매그레는 수화기를 내려놓고, 카운터 앞에 앉아 슈크루트 한 그릇과 맥주를 주문했다.

「자자는 실비와 조제프를 만났어……. 그들은 그녀에게 해리 브라운을 만나도록 심부름을 시켰지……. 지금 그녀는 버스로 돌아오고 있으니까 30분 후면 나타나겠군…….」

그는 한 테이블 위에 굴러다니는 신문을 집어 읽으면서 식사를 했다. 신문은 방돌[28]에서 두 연인이 동반 자살했다는 소식을 알리고 있었다. 남자는 체코슬로바키아에서 결혼한 유부남이란다.

「야채도 좀 드시겠어요?」

「괜찮소! 자, 밥값이 얼마죠? ……잠깐! 맥주 한 잔 더 주시오. 흑맥주로.」

그리고 5분 후, 그는 리버티 바의 컴컴한 진열창 근처의 골목길을 다시 서성대고 있었다.

이제 카지노에서는 막이 올랐으리라. 갈라 쇼. 오페라. 댄스 공연. 야찬(夜餐).[29] 댄스장. 룰렛과 바카라.

이런 것들이 60킬로미터의 대로를 쭉 따라서 벌어지게 되리라! 야찬 테이블의 남자들을 노리는 수백 명의 여자들. 도박꾼들을 노리는 수백 명의 딜러들! 그리고 여자들을 노리는 수백 명의 제비족, 무용수, 카페 웨이터들…….

또 팔거나 임대할 별장 목록을 들고서 피한객(避寒客)들을 노리는 프티피스 씨 같은 수백 명의 사업가들…….

그러나 칸, 니스, 몬테카를로의 군데군데에서 마주치게 되는 것들…… 다른 곳들보다 유난히 어둑한 어느 동네. 골목길들. 괴상하게 생긴 오막살이들. 구불구불 이어지

---

28 지중해 연안, 마르세유와 툴롱 사이에 위치한 휴양 도시.
29 밤중에 열리는 공연 후, 혹은 파티 중에 먹는 고급 요리.

는 벽들을 따라 요리조리 빠져 지나가는 그림자들. 늙은 여자들과 젊은 여자들. 슬롯머신들과 주점 뒷방들…….

하층민들…….

자자는 오지 않는다! 발소리를 듣고 매그레가 흠칫한 것이 열 번은 되었으리라. 결국 그는 웨이터가 빙글거리며 자신을 쳐다보고 있는 맞은편의 바 앞으로는 더 이상 지나갈 용기가 나지 않았다.

지금 이 순간에도 수천, 수만의 양들이 브라운의 하인들이 지키는 브라운 일가의 소유지에 펼쳐진 풀밭을 뜯고 있으리라……. 열차들에, 그다음에는 화물선들에 양모를 싣기 위해, 그곳은 훤한 대낮일 것이므로 지금 이 순간에도 수만 마리의 양들이 털을 깎이고 있으리라.

그리고 선원들, 선박 사관들, 선장들…….

그리고 그곳을 출발하여 유럽을 향해 오고 있는 그 모든 배들……. 암스테르담, 런던, 리버풀, 르아브르에서 온도를 체크하고 있는(선적하기에 적합한 온도인가를 확인하기 위해) 선박 사관들, 중개인들…….

그리고 프로방살 호텔의 해리 브라운……. 삼촌, 형들로부터 전보를 받는 한편, 자기 대리인들에게 전화를 걸고 있는 해리 브라운…….

매그레는 조금 전에 신문을 보며 이런 기사를 읽었었다.

이슬람의 수장이신 〈신자들의 사령관〉은 그의 영애를 모모(某某) 왕자와 혼인시켰다…….

그 밑에는 이렇게 덧붙이고 있었다.

인도, 페르시아, 아프가니스탄 등지에서 대규모 축제가 벌어졌으며…….

또 이런 말도 있었다.

니스의 팔레 드 라 메디테라네 호텔에서 거행된 성대한 만찬에는 수많은 귀빈이 참석했는데, 특히…….

니스에서 결혼하는 대(大)성직자의 딸…… 육십몇 킬로미터에 달하는 대로를 따라 펼쳐지는 화려한 결혼식…… 그리고 저쪽에는 수십만의 목숨들이…….

그런데 이놈의 자자는 도대체 올 생각을 안 한다! 이제 매그레는 골목길의 포석 하나하나, 건물들의 전면 하나하나를 모두 알 정도가 되었다. 머리를 땋은 계집아이 하나가 어느 창가에서 숙제를 하고 있었다.

버스에 무슨 사고라도 난 것일까? 자자는 다른 곳에도 갈 일이 있는 걸까? 아니면 어디론가 도망쳐 버린 걸까?

바의 진열창 유리에 이마를 대고 들여다보니, 자기 발을 핥는 고양이가 보였다.

그리고 다시금 신문에서 읽은 것들이 어렴풋이 떠올랐다.

코트다쥐르발 보도에 따르면 모모국의 국왕 전하께서 카프 페라에 있는 소유지에 도착했으며, 그가 대동한 인물로는…….

니스발 소식에 따르면 한 바카라 도박장에서 조작된 사보[30]를 사용하여 50여 만 프랑을 딴 직후 검문을 받았던 그라포풀로스 씨가 체포되었다고…….

이어 짧은 문장 하나.

도박 단속 경찰 차장이 이 사건에 연루되었다.

아무렴! 윌리엄 브라운 같은 사람도 무너졌는데, 한 달에 2천 프랑 받는 불쌍한 친구가 혼자서 영웅 흉내를 내고 있을 필요는 없지 않은가?

30 *sabot*. 바카라 게임에서 딜링되는 카드를 담는 용기로 영어로는 〈딜링 슈*dealing shoe*〉 혹은 〈슈*shoe*〉라고 한다.

매그레는 머리끝까지 화가 나 있었다. 이렇게 기다리고 있는 게 너무도 지겨웠다! 무엇보다도 그의 기질과는 맞지 않는 이런 분위기가 견딜 수 없었다.

왜 자신을 그토록 웃기는 특별 지시와 함께 이곳에 보냈느냔 말이다!

〈무엇보다도, 시끄러운 이야기가 나오지 않도록!〉

시끄러운 이야기가 나오지 않게 하라고? 만일 호주머니 속에 들어 있는 이 유언장을, 이론의 여지 없는 이 진짜 유언장을 확 꺼내 버린다면……? 그래서 네 여자를 그쪽에다 보내 버린다면……?

발소리가 들렸다……. 이제 그는 고개를 돌리지도 않았다! ……잠시 후, 열쇠 구멍에서 열쇠 돌아가는 소리가 났고, 힘없는 목소리가 한숨 쉬듯 말했다.

「거기 계셨어요?」

자자였다. 떨리는 손에 열쇠를 들고, 피곤에 지친 얼굴로 서 있는 자자. 연보라색 코트와 체리색 구두로 나름대로 차려입은 자자.

「들어오세요……. 잠깐만…… 우선 불 좀 켤게요…….」

고양이는 수종(水腫)에 걸린 두 발을 맞비벼 대며 벌써부터 가르랑거렸다. 그녀는 스위치를 찾았다.

「불쌍한 실비를 생각하면…….」

마침내 그녀는 불을 켰다. 가게 안이 훤히 들여다보였

다. 맞은편 카페의 웨이터는 그 밉살스러운 상통을 유리
창에 바짝 들이댔다.

「들어오세요……. 너무 힘드네요……. 너무도 가슴이 아
파서…….」

그리고 가게 뒷방 문이 열렸다. 자자는 곧바로 시뻘겋
게 타오르고 있는 불 쪽으로 걸어가서는, 송풍 장치 조
절 밸브를 반 정도 잠근 뒤, 냄비 하나의 위치를 바꿔 놓
았다.

「잠깐 앉아 계세요, 반장님……. 옷 좀 갈아입고 내려
올게요…….」

그녀는 아직 그를 정면으로 쳐다보지 않았다. 매그레
에게 등을 돌린 채 그녀는 되뇌었다.

「불쌍한 실비…….」

그러고는 중이층으로 통하는 계단을 힘겹게 올랐고,
옷을 벗으면서 좀 더 큰 목소리로 계속 말했다.

「착한 계집애인데…… 자기가 원한 것도 아니었다고
요. 그런데 항상 이런 애들이 다른 사람들 때문에 희생되
죠……. 내가 그걸 걔에게 그렇게나 말해 줬는데…….」

매그레는 의자에 앉았다. 바로 앞 식탁에는 먹다 남은
치즈, 파테드테트,[31] 정어리 찌꺼기 등이 널려 있었다.

그는 머리 위에서 자자가 구두를 벗은 다음, 실내화를

31 돼지 머리 고기를 재료로 한 파테의 일종.

자기 쪽으로 끌어오는 소리를 들었다.

　이어 그녀가 선 채로 바지를 벗기 위해 한바탕 춤을 추는 소리도 들렸다.

9
말 많은 여인

「이토록 가슴이 아프니 내 발이 더 부어오르겠어요……」

자자가 왔다 갔다 하는 소리가 잠시 멈췄다. 그녀가 자리에 앉은 것이다. 그리고 신발을 벗고는 말을 계속하면서 욱신대는 두 발을 무의식적으로 어루만졌다.

매그레가 아래층에 있다고 생각하고 큰 소리로 말하고 있던 그녀는 그가 계단 위로 쑥 나타나는 것을 보고는 깜짝 놀랐다.

「거기 계셨어요? 방 안 꼴이 말이 아니네요……. 이런 일들이 시작되고부터는……」

왜 이렇게 올라왔는지는 매그레 자신도 설명하기 힘들었을 것이다. 굳이 말하자면, 여자가 하는 말을 듣고 있다가, 자신이 아직까지 중이층 방을 본 적이 없다는 생각이 문득 떠오른 것이 이유라면 이유일 것이다.

이제 그는 계단 꼭대기에 멈춰 섰다. 자자는 자기 발을 계속 어루만지면서 여전히 말하고 있는데, 그 수다스러움은 갈수록 심해졌다.

「가만있자, 내가 저녁을 먹었나? ……아냐, 안 먹은 것 같아……. 거기 갇혀 있는 실비를 보고 오니까 도무지 내 정신이 아니네…….」

지금은 그녀도 실내 가운 차림이었다. 하지만 실비와는 달리 선명한 분홍색의 속옷을 받쳐 입었다. 레이스로 장식된 아주 짤막한 그 속옷은 그녀의 피둥피둥하면서도 지나치게 하얀 살과 대조를 이뤘다.

침대는 온통 흐트러져 있었다. 매그레는 생각했다. 만일 지금 누군가가 내 꼴을 본다면, 내가 단지 대화만을 위해 여기 있다고는 믿지 않으리라…….

평범한 방이었으나, 생각했던 것만큼 초라하지는 않았다. 꽤 부르주아 냄새가 나는 마호가니 침대 하나. 원탁 하나. 서랍장 하나……. 반면, 방 한가운데에는 요강이 굴러다녔고, 원탁 위는 분, 더러운 수건, 미용 크림 통 등으로 어수선하기 짝이 없었다.

자자는 드디어 실내화를 신으며 한숨을 쉬었다.

「이 모든 일들이 대체 어떻게 끝나게 될는지!」

「윌리엄이 술 먹고 잔 곳이 여기요?」

「방은 이것밖에 없어요. 아래층의 두 개를 제외하면…….」

한쪽 구석에는 닳아빠진 벨벳으로 덮인 디방이 하나

놓여 있었다.

「그는 저 디방에 누워 잔 거요?」

「경우에 따라서는…… 내가 자기도 하고…….」

「실비는?」

「나하고요…….」

방의 천장은 얼마나 낮은지 매그레의 모자가 닿을 정도였다. 좁다란 창문은 녹색 벨벳 커튼 하나로 장식되어 있었다. 전기스탠드가 있었지만, 갓은 어디론가 달아나고 없었다.

이 방에서의 삶이 보통 어떤 식이었는지 알기 위해서 반드시 대단한 상상력을 동원해야 할 필요는 없었다. 윌리엄과 자자가 거의 항상 취한 상태로 올라오고, 얼마 후에는 일 나갔다 돌아온 실비가 이불 속, 뚱뚱한 여인 옆으로 기어들었으리라…….

하지만 깨어날 때는? 바깥의 강렬한 빛이 누추한 방안을 비추었으리라…….

자자가 이렇게 말 많은 모습을 보이는 것은 처음이었다. 그녀는 동정받고 싶기라도 한 듯 고통스러운 목소리로 말하고 있었다.

「난 분명히 병에 걸려 쓰러질 거예요……. 그래요, 그걸 느낄 수 있어요! 3년 전에 우리 집 앞에서 선원 두 명이 싸웠을 때도 꼭 이랬죠. 그때 한 사람은 면도칼에 맞아서……」

그녀는 서 있었다. 무언가를 찾으려는 듯 주위를 둘러 봤지만, 곧이어 자기가 무얼 찾는지조차 잊어버렸다.

「반장님은 뭘 좀 드셨나요? ……갑시다! 내려가서 뭘 좀 먹자고요.」

앞장서서 계단을 내려온 매그레는, 그녀가 화덕으로 가서 석탄을 좀 더 퍼 넣은 다음 냄비 안을 수저로 휘휘 젓는 모습을 지켜보았다.

「혼자 있을 때는 요리할 힘도 안 난답니다. 아, 더욱이 지금 실비가 어떤 상황에 있는지를 생각하면……」

「자, 말해 봐요, 자자!」

「뭘요?」

「아까 경찰서에 가서 그녀를 만났을 때……」

「똑같은 얘기예요……. 그 애도 역시 조제프가 무슨 짓을 꾸미고 있는지 궁금해하고 있어요.」

「그녀가 조제프하고 같이 지낸 지는 오래됐소?」

「같이 지낸다고 할 수도 있고, 아니라고 할 수도 있죠……. 같이 사는 건 아니니까요……. 걔는 그 녀석을 어딘가에서 만났어요. 아마 경마장 같은 곳이겠죠. 아무튼 여기는 아니에요. 녀석은 걔에게 자기가 도움을 줄 수 있다, 손님들을 끌어다 줄 수 있다고 말했죠……. 그런 업종에 있으니 물론 가능한 일이죠! 그래도 교육을 받아서 꽤나 유식한 녀석이에요. 하지만 난 그 녀석을 한 번도 좋아해 본 적이 없죠.」

한 냄비 안에 렌즈콩 삶은 것이 조금 남아 있었고, 자자는 그것을 접시에 부었다.

「드시겠어요? ……싫어요? 술은 직접 따라 드세요……. 난 더 이상 아무것도 못 하겠어요……. 그런데 바 문이 제대로 닫혔나?」

매그레는 오후에 그랬듯 의자를 거꾸로 돌려 말 타듯 앉아 있었다. 그는 그녀가 먹는 모습을 지켜보면서 그녀의 말을 들었다.

「아세요? 그런 녀석들은 말이죠, 특히나 카지노 주변의 인간들은 우리 같은 사람들은 이해할 수조차 없는 복잡한 술책들을 꾸며 낸답니다. 그러다 사건이 터지면 붙잡히는 건 항상 여자들이죠……. 아, 실비가 내 말만 들었어도…….」

「조제프가 당신에게 무슨 임무를 맡겼소? 오늘 저녁에 말이오.」

그녀는 무슨 말인지 이해 못 하는 표정으로, 입안 가득 음식을 담은 채로 매그레를 쳐다봤다. 그러더니 잠시 후,

「아, 그거! 그 아들한테……?」

「그를 찾아가서 무슨 말을 했소?」

「걔들이 풀려날 수 있게끔 손 좀 써달라고요. 그러지

않으면……」

「그러지 않으면?」

「아, 정말이지 반장님은 날 괴롭힐 생각이군요! 하지만 내가 지금까지 반장님께 못되게 군 적이 있었나요? ……난 지금 최선을 다하고 있다고요! 숨길 것도 하나도 없고요.」

매그레는 그녀가 왜 이렇게 말이 많아졌는지, 왜 이렇게 쥐어짜듯 불평하는 목소리로 바뀌었는지, 그 이유를 짐작할 수 있었다.

돌아오는 길에 힘을 내려고 어느 선술집에 들러 몇 잔 걸친 것이리라!

「우선, 지금까지 항상 실비를 붙들어 준 게 나예요. 걔가 조제프 그놈에게 완전히 넘어가지 않게끔 막아 왔던 게 나라고요……. 그러다 아까 〈오후에〉, 무슨 일이 일어났다는 걸 알게 됐을 때……」

「알게 됐을 때?」

그건 비극적이라기보다는 오히려 희극적인 광경이었다. 그녀는 계속 우물우물 씹으면서 울음을 터뜨렸다! 연보라색 실내 가운 차림의 뚱뚱한 여인이 렌즈콩 요리를 앞에 두고 어린아이처럼 훌쩍훌쩍 울고 있는 광경은 정말이지 기괴하기 이를 데 없었다.

「너무 다그치지 마요! 생각 좀 하게 놔두라고요! 어떻게 그렇게 금방 생각이 나겠느냐고요! ……자, 술이나 한 잔 주세요.」

「조금 있다가.」

「술 주세요. 그럼 다 말할게요.」

그는 굴복하고 작은 잔에다 술을 따라 주었다.

「자, 뭘 알고 싶으세요? 아까 내가 무슨 말을 했더라? ……그래, 난 그 2만 프랑을 봤어요……. 이건 윌리엄의 호주머니에 들어 있었던 걸까?」

매그레는 흐려지려는 정신을 가다듬기 위해 잠시 애를 쓰지 않으면 안 되었다. 왜냐하면 부분적으로는 분위기 탓으로, 그리고 무엇보다도 자자의 갈피를 잡기 힘든 말 탓으로 논리적 괴리가 일어나고 있었기 때문이다.

「윌리엄……?」

그는 갑자기 깨달았다! 자자는 〈매그레가 식탁 위에 올려놓은〉 그 2만 프랑이, 브라운이 살해되었을 때 그에게서 훔쳐 낸 것이라고 생각했다는 얘기였다!

「그래, 아까 그런 생각을 했다는 거요?」

「내가 무슨 생각을 했는지 더 이상 모르겠어요……. 자! 이젠 배가 안 고프네……. 혹시 담배 가진 거 있어요?」

「난 파이프만 피우오.」

「어딘가에 몇 개 남아 있을 텐데……. 실비는 항상 가지고 있거든요.」

그녀는 서랍들을 뒤져 보았지만 허사였다.

「아직도 그들을 알자스에 보내나요?」

「누구를? 무엇을 말이오? 지금 무슨 말을 하고 있는 거요?」

「여자들 말이에요. 그걸 뭐라고 부르더라? 무슨 감옥인데…… 〈오〉자로 시작되는 이름의 감옥……. 우리 때에는…….」

「당신이 파리에 있을 때 말이오?」

「그래요. 우린 모두 그 얘기만 했어요……. 그곳은 너무도 가혹해서 여죄수들 모두가 자살을 기도한대요. 또 얼마 전에 신문을 읽었는데, 그곳에는 나이가 여든 살이나 된 사형수들도 있대요……. 그런데 담배가 안 보이네. 실비가 가져가 버렸나 봐…….」

「그녀가 거기 가는 걸 두려워하던가?」

「실비요? ……몰라요. 돌아오는 버스 안에서 갑자기 그게 생각났어요. 내 앞에 어떤 늙은 여자가 하나 있었는데…….」

「그렇게 서 있지 말고, 앉아요.」

「네. 하지만 신경 쓰지 마세요. 나도 어쩔 수가 없으니까……. 난 지금 어디에 있어도 맘이 편치 않아요……. 그런데 우리, 어디까지 얘기했었죠?」

그녀는 번민에 찬 눈으로 이마에 손을 댔고, 그 바람

에 불그스름한 머리칼 한 가닥이 볼 위로 흘러내렸다.

「너무도 슬프네요…… 술이나 한 잔 주세요!」

「당신이 알고 있는 걸 다 얘기하고 나서 주겠소.」

「하지만 난 아무것도 모른다고요! 난들 어떻게 알겠어요? ……난 먼저 실비를 만났어요. 하지만 그다음엔요? 경찰이 내 옆에 딱 붙어서 우리 얘기를 다 듣고 있는데……. 난 그냥 울어 버리고 싶었어요……. 실비는 내게 키스하면서 아주 낮은 소리로 말하더군요. 이건 다 조제프 짓이라고.」

「그다음에 조제프를 봤소?」

「네. 벌써 말씀드렸잖아요……. 그가 나를 앙티브로 보내 브라운에게 말하게 했다고. 만약…….」

그녀는 그다음 말을 찾았다. 주정뱅이들이 때때로 그러듯, 갑자기 정신이 멍해진 모양이었다. 이런 순간이면 그녀는 그에게 꼭 매달리고 싶은 듯 반장을 고통스러운 눈으로 쳐다보곤 했다.

「더 이상 모르겠어요……. 날 고문하지 마세요. 난 단지 불쌍한 여자일 뿐이에요……. 난 항상 모든 사람을 기쁘게 해주려고 애써 왔다고요…….」

「안 돼! 잠깐만 더…….」

매그레는 그녀가 방금 집어 든 잔을 뺏어 들었다. 그녀가 완전히 취해 버리면, 그대로 잠들어 버리리라는 걸 알고 있었기 때문이다.

「해리 브라운이 당신을 맞아 주었소?」

「아뇨……. 아니, 그래요……. 그가 나한테 뭐라고 말했느냐면, 내가 한 번만 더 자기 앞에 얼씬거리면 철창신세를 지게 해주겠대요…….」

그러더니 갑자기 득의양양해서는 외쳤다.

「맞아, 오스고르! ……아냐! 오스고르는 다른 거였지……. 그건 어떤 소설에 나오는 거야. 아그노…… 맞아, 그거야!」

아까 말했던 감옥 이름을 찾아낸 거였다.

「거기서 죄수들은 말할 권리도 없다는 것 같아요…….그게 사실인가요?」

자자가 이렇게 횡설수설하며 일관성 없는 모습을 보이는 것은 처음이었다. 그녀가 다시 어린 시절로 돌아가고 있는 듯한 느낌마저 들었다.

「그래…… 만일 실비가 공범이라면, 그 애도 분명히 거기로…….」

그러자 그녀는 그 어느 때보다도 빠른 속도로 말하기 시작했고, 두 볼은 열기로 불그레하게 달아올랐다.

「그래, 난 오늘 저녁에 꽤 많은 것들을 이해할 수 있었어요……. 그 2만 프랑이 뭔지 이제는 알고 있다고요. 그걸 가져온 것은 윌리엄의 아들내미 해리 브라운이고, 그

돈의 대가는…….」

「그 돈의 대가는?」

「모든 것이죠!」

그리고 그녀는 득의만만한, 그리고 도전하는 듯한 눈으로 매그레를 쳐다봤다.

「난 겉보기처럼 그렇게 바보는 아니라고요……. 그 아들내미가 유언장이 존재한다는 걸 알게 되었을 때…….」

「잠깐! 당신도 그 유언장에 대해 알고 있소?」

「지난달에 윌리엄이 우리에게 그것에 대해 말해 줬어요. 우리 넷이 모두 있을 때…….」

「다시 말해서, 당신, 실비, 그리고 조제프?」

「네……. 우린 술 한 병을 다 비웠죠. 윌리엄의 생일이어서……. 그러면서 많은 얘기를 나눴어요. 그런데 윌리엄은 술기운이 좀 오르니까, 오스트레일리아와 자기 아내, 자기 처남에 대해 이것저것 얘기해 줬어요.」

「그래, 윌리엄이 뭐라고 했소?」

「자기가 죽으면 그들이 골탕 좀 먹을 거라고요! 그는 호주머니에서 유언장을 꺼내서는 그 일부분을 읽어 줬어요. 전부는 아니고요……. 다른 두 여자의 이름은 읽으려 하지 않았어요……. 그리고 조만간 그걸 공증인에게 맡기겠다고 하더군요.」

「그게 한 달 전 일이었소? 그때 조제프는 해리 브라운을 알고 있었소?」

「그 녀석이 무슨 짓을 하고 다니는지는 아무도 몰라요……. 직업 때문에 많은 사람을 알고 있는 녀석이죠.」

「그럼 당신은 그가 아들에게 알렸다고 생각하시오?」

「난 꼭 그렇다고는 안 했어요! 난 아무 말도 할 수 없어요……. 단지, 어쩔 수 없이 하게 되는 생각은 있는 거죠……. 아시잖아요, 그런 돈 많은 인간들은 다 똑같다는 거……. 자, 조제프가 그에게 가서 모든 걸 까밝혔다고 가정해 보자고요. 그럼 아들 브라운은 아주 무심한 듯한 얼굴로 이렇게 말했겠죠. 자기가 그 유언장을 손에 넣었으면 좋겠다……. 하지만 윌리엄이 또다시 유언장을 쓸 수도 있는 일이므로, 아예 그가 죽어 버리면 더 좋을 것이다……」

매그레가 잠시 방심한 틈을 타서 그녀는 자기 잔에 술을 따랐다. 그녀가 그 잔을 비워 버리는 것을 막기에는 너무 늦어 버렸다. 이제 그녀가 다시 말을 이어 가자 반장의 얼굴에는 알코올로 포화된 끔찍한 입 냄새가 끼쳐 왔다.

그리고 그녀는 몸을 앞으로 숙였다! 그에게 몸을 바짝 붙여 오고 있었다! 뭔가 신비스럽고도 중요한 것을 말하는 표정까지 짓고 있었다!

「아예 죽어 버리면 더 좋을 거라고! ……내가 이렇게 얘기했나요? 자, 그리고 그들은 돈 얘기를 했겠죠…….

185

2만 프랑으로 합의를 봤겠죠. 그리고 어쩌면 일이 끝나면 2만 프랑을 더 주는 걸로……. 모를 일이잖아요? 난 지금 내 생각을 얘기하고 있는 거예요. 왜냐면 그런 일을 할 때 돈 지불이 한 번으로 끝나지는 않는 법이니까……. 그리고 실비는…….」

「그녀는 아무것도 몰랐소?」

「개한테서 아무 말도 못 들었다고 얘기했잖아요! …… 그런데 지금 누가 문을 두드렸나요?」

그녀는 갑자기 겁에 질리며 몸이 바짝 얼어붙었다. 매그레는 그녀를 안심시켜 주기 위해 나가서 바 문을 반쯤 열어 봐야 했다. 다시 돌아온 그는 그녀가 그 틈을 타서 다시 술을 마셨다는 걸 눈치챘다.

「난 반장님에게 아무 말도 안 한 거예요……. 난 아무것도 모른다고요……. 아시겠어요? ……난 그저 불쌍한 여자일 뿐이라고요! 불쌍한 여자……. 남편도 잃고, 그리고…….」

그녀는 다시 흐느끼기 시작했다. 지금까지의 그 어떤 광경보다도 더 안쓰러운 오열이었다.

「자자, 그럼 당신 생각으로는 윌리엄이 그날 2시에서 5시 사이에 무얼 했던 것 같소?」

그녀는 대답 없이, 그리고 울음을 멈추지 않은 채로 그를 쳐다봤다. 하지만 벌써 그녀의 흐느낌에는 진심이 열어지고 있었다.

　「실비는 그 사람보다 조금 전에 집을 나섰어요……. 반
장님은 어떻게 생각하시죠? 두 사람이 예를 들면…….」

　「누구 말이오?」

　「실비와 윌리엄…….」

　「그들이 무얼 했다고?」

　「난 잘 모르죠! 어딘가에서 만났을 수도…… 실비는
못생기지 않았잖아요……. 그 애는 젊고…… 그리고 윌리
엄은…….」

　그는 그녀에게서 눈을 떼지 않고 있었다. 그러면서 짐
짓 무심한 어조로 그녀를 대신하여 이어 말했다.

　「그들은 어딘가에서 다시 만났고, 조제프가 숨어서 그
들을 지켜보고 있다가 일을 처리했다…….」

　그녀는 아무 말도 하지 않았다. 대신 그의 말을 이해하
려고 격렬한 노력을 하는 듯이 눈썹을 잔뜩 찌푸렸다. 이
렇게 애를 쓰는 이유는 금방 알 수 있었다. 그녀의 눈은
취기로 흐릿해져 있었고, 그녀의 생각 역시 또렷하지 않
았을 것이다.

　「해리 브라운은 유언장에 대해 알게 되고는 범죄를
주문했다……. 실비는 윌리엄을 적당한 장소로 유인했
고, 조제프는 치명상을 입혔다. 그런 다음, 해리 브라운
에게는 칸의 한 호텔로 와서 실비에게 돈을 지불하라고

말했다······.」

그녀는 움직이지 않았다. 그저 경악한 얼굴로, 아니 멍청해진 얼굴로 듣고만 있었다.

「조제프는 체포되자 당신을 해리에게 보내 메시지를 전하게 했다. 만일 자신이 풀려나도록 손을 쓰지 않으면 모두 불어 버리겠다고······.」

그녀는 소리쳤다.

「바로 그거예요! ······네, 바로 그거예요!」

그녀는 벌떡 일어섰다. 헐떡거렸다. 그러고 흐느끼고 싶은 욕구와 웃음을 터뜨리고 싶은 욕구 사이에서 흔들리는 듯한 표정을 지었다.

갑자기, 그녀는 두 손으로 자기 머리를 부여잡더니, 발작적인 동작으로 머리칼을 마구 헝클어뜨리며 쾅쾅 발을 굴렸다.

「바로 그거야! ······그리고 난······ 난······ 난······.」

매그레는 앉은 채로 약간 놀란 눈으로 그녀를 쳐다보았다. 이 여자가 신경 발작이 오는 걸까? 그대로 기절해 버리는 걸까?

「난······ 난······.」

그다음 행동은 그도 미처 예상치 못했다. 그녀는 갑자기 병을 집어서는 바닥에 내동댕이쳐 산산조각을 냈다.

「난······.」

두 개의 유리문을 통해 보이는 것이라곤 가로등 하나의 희미한 불빛뿐이었고, 맞은편의 웨이터가 덧창을 내리는 소리가 들렸다. 밤이 꽤나 이슥해진 모양이었다. 전차 다니는 소리도 끊어진 지 오래였다.

「난 싫어요! 아시겠어요?」 그녀는 거의 짖어 대다시피 하고 있었다. 「싫어! 그건 안 돼! 난 싫다고…… 아니야, 그건…… 그건…….」

「자자!」

엄하게 소리쳐 부른 이름도 그녀를 진정시키지 못했다. 그녀는 극도로 흥분해 있었고, 아까 병을 집어들 때만큼이나 급작스럽게 몸을 굽혀 바닥에서 무언가를 주워 들더니 소리쳤다.

「아그노는 안 돼! 그건 아니야! 실비는…….」

그의 경력을 통틀어 그토록 역겨운 광경은 한 번도 본 적이 없었다. 그녀의 손에 들려 있는 것은 유리 조각이었다. 그녀는 계속 말하면서 자기 손목을 그었다. 동맥이 지나가는 바로 그 지점을 말이다.

그녀의 두 눈은 밖으로 튀어나올 듯이 커져 있었다. 그녀는 마치 미쳐 버린 것 같았다.

「아그노…… 난…… 실비는 안 돼……!」

매그레가 가까스로 그녀의 양팔을 붙잡은 순간, 세찬 핏줄기가 솟구쳤다. 피는 반장의 손과 넥타이도 적셨다.

몇 초 동안 자자는 입을 딱 벌리고 어쩔 줄 몰라 하면서 줄줄 흐르는, 그리고 자신의 것인 그 붉은 피를 쳐다보았다. 그러고는 몸이 축 늘어졌다. 매그레는 그녀를 잠시 부축하고 있다가, 바닥으로 서서히 미끄러지는 몸을 내려놓으면서 손가락으로는 동맥을 누르려 해보았다.

뭔가 끈 같은 것이 필요했다. 그는 당황한 눈으로 주위를 둘러보았다. 다리미에 이어진 전선이 눈에 들어왔다. 그는 그것을 뽑아냈다. 그러고 있는 사이에도 피는 계속 흘러내렸다.

마침내 더 이상 움직임이 없는 자자에게로 돌아온 그는 전선을 손목에 감고는, 있는 힘껏 졸라맸다.

이제 거리에는 가스등 불빛 외에는 아무것도 보이지 않았다. 맞은편 바는 닫혀 있었다.

그는 뚜렷한 계획 없이 밖으로 뛰어나와 밤의 미지근한 공기 가운데 섰다. 그러고는 2백여 미터 떨어진 곳에서 시작되는 보다 밝은 거리로 향했다.

거기에 이르니 카지노를 긴 띠들처럼 장식한 휘황한 전구들, 자동차들, 항구 근처에 삼삼오오 모여 있는 운전기사들이 보였다. 또 거의 움직임이 느껴지지 않는 요트들의 돛대도…….

교차로 한가운데서 한 순경이 꼼짝 않고 서 있었다.

「의사 한 명 불러오게! 리버티 바로…… 빨리!」

「지금 말씀하시는 게 그 쬐그만 작부집…….」

「그래, 그래! 그 쬐그만 작부집!」 매그레는 조급함을 참지 못하고 버럭 소리를 질렀다. 「뭘 꾸물거리나, 빌어먹을!」

10
디방

두 남자는 조심조심 층계를 올랐다. 하지만 그녀의 몸은 무거웠고, 통로는 너무도 좁았다. 그래서 어깨와 두 발로 들려 반으로 접히다시피 한 자자의 몸은 때로는 층계 난간에, 때로는 벽에 부딪혔고, 심지어는 계단에 스치기도 했다.

그녀가 옮겨지기를 기다렸다가 따라 올라온 의사는, 자자가 의식이 없는 동물처럼 낮게 신음하는 소리를 들으며 호기심 어린 눈으로 방을 둘러보았다.

너무도 미약한 그 신음 소리에는 기묘한 억양이 실려 있어서, 방 안을 꽉 채웠음에 불구하고 마치 복화술사들이 내는 목소리처럼 도대체 어디서 나오는 것인지 분간하기 어려웠다.

천장이 낮은 그 중이층 방에서 매그레는 우선 침대를 정리했다. 그러고는 순경들을 도와 무겁게 축 늘어진, 하지만 밀기울 넣은 커다란 인형처럼 보이는 자자의 몸뚱이를 들어 올렸다.

그녀는 자신의 몸이 거치는 그 복잡다단한 여행을 의식하고 있는 것일까? 자신이 어디에 있는지나 알고 있는 것일까? 이따금 그녀의 눈이 열렸지만, 그 눈은 아무것도, 그 누구도 보지 않았다.

그녀는 여전히 신음을 흘렸지만, 얼굴은 어디 한 군데 찡그린 곳이 없었다.

「그녀가 고통이 심한가요?」 매그레가 의사에게 물었다.

의사는 작달막한 체구에, 선량하면서도 꼼꼼한 노인으로, 졸지에 이런 묘한 장소에 오게 되어 당황하는 기색이 역력했다.

「고통은 전혀 없을 겁니다. 다만 극도로 예민한 것 같아요. 아니면 겁에 질려 있거나…….」

「지금 일어나고 있는 일들을 의식하고 있나요?」

「보아하니 그런 것 같지는 않네요. 그렇긴 해도…….」

「술을 엄청나게 마셨어요!」 매그레가 한숨을 쉬었다. 「단지 통증 때문에 술이 깨지 않았나 궁금해서…….」

두 순경은 반장의 지시를 기다리면서, 의사가 그랬듯 호기심에 찬 눈으로 주위를 둘러보았다. 커튼은 닫혀 있지 않았다. 매그레는 맞은편의 창문 뒤로 누군가의 얼굴인 듯한 희끄무레한 것이 불 꺼진 방 안에서 어른거리는

193

걸 느꼈다. 그는 블라인드를 내리고, 순경 한 명을 한쪽 구석으로 데려갔다.

「경찰서에 가서, 조금 아까 내가 가둬 놓은 여자를 데려오게. 실비라는 여자야. 남자는 놔두고!」

그리고 다른 순경에게는,

「아래층에서 기다리고 있도록!」

의사는 할 수 있는 것을 다했다. 그는 지혈 겸자들을 위치시킨 후, 결찰용 클립들을 사용하여 동맥을 제자리에 돌려놓은 터였다. 이제 그는 여전히 신음을 흘리고 있는 이 뚱뚱한 여인을 난감한 표정으로 내려다보고 있었다. 그래도 멀뚱히 앉아 있을 수만은 없었던지, 그녀의 맥도 짚어 보고, 이마와 손도 만져 보고 있었다.

「의사 양반, 이리 좀 와보시오!」 매그레가 방의 한쪽 구석 모퉁이에 등을 기댄 채로 말했다.

그러고는 낮은 목소리로,

「그녀가 저렇게 움직이지 않는 틈을 타서 전체적으로 한번 진찰해 주셨으면 합니다……. 물론 중요한 장기들 말입니다.」

「아, 그래요! 원하신다면 해드리죠…….」

조그만 의사는 눈이 한층 더 똥그래졌다. 아마도 매그레가 이 여자의 친척이 아닌가 생각하는 모양이었다. 그는 왕진 가방에서 몇 가지 기구를 골랐다. 그리고 서두르지 않고, 하지만 별로 확신은 없이 그녀의 혈압을 재기 시작했다.

그는 결과가 만족스럽지 않았는지 세 차례나 혈압을 잰 다음, 가슴 쪽으로 몸을 굽혔다. 그러고는 실내 가운 가슴 자락을 양옆으로 벌린 다음, 젖가슴과 자기 귀 사이에 펼쳐 놓을 깨끗한 수건을 찾았다. 방 안에는 그런 게 없었다. 그는 자기 손수건을 사용했다.

마침내 몸을 다시 일으킨 그는 잔뜩 찌푸린 표정이었다.

「확실해!」

「확실하다니, 뭐가요?」

「그렇게 오래 살지는 못하겠어요! 심장이 완전히 지쳐 있네요. 게다가 비대해져 있고, 혈압은 끔찍할 정도입니다.」

「그럼 얼마나 더 살 수…….」

「아, 그건 또 다른 문제죠……. 이분이 내 환자였다면, 시골로 보내 절대 안정을 시키겠습니다. 극도로 엄격한 식이 요법을 시키면서…….」

「술은 물론 안 되겠죠!」

「특히나 술은 안 됩니다! 완벽한 위생이 필요해요…….」

「그럼 생명을 구할 수 있는 겁니까?」

「그렇다곤 말씀드리지 않았어요! 글쎄요, 1년 정도 더 연장할 수 있을까…….」

그들은 동시에 귀를 쫑긋 세웠다. 왜냐면 주위의 어떤

정적을 감지했기 때문이다. 방 안 분위기에는 무언가가 빠져 있었고, 그 무언가는 다름 아닌 자자의 신음 소리였다.

그들은 침대 쪽으로 몸을 돌렸고, 한쪽 팔꿈치를 기대어 머리를 쳐든 자자를 보았다. 시선은 굳어 있었고, 가슴은 헐떡대고 있었다.

그녀는 들은 것이다. 다 이해한 것이다. 그녀의 표정으로 보면, 이 모든 것의 책임이 마치 조그만 의사에게 있는 듯했다.

「어디, 좀 괜찮으시오?」 의사는 뭐라도 말하려고 그녀에게 물었다.

그러자 그녀는 경멸스러운 표정으로 다시 눕더니, 아무 말도 없이 눈을 감아 버렸다.

의사는 이 자리에 아직도 자신이 필요한지 알 수 없었다. 그저 기구들을 주섬주섬 왕진 가방에 챙겨 넣는데, 이따금 혼자서 고개를 주억거리는 걸로 봐서는 속으로 무슨 혼잣말을 하고 있는 것 같았다.

「이제 가보셔도 될 것 같습니다!」 그가 떠날 채비를 마치자 매그레가 말했다. 「이젠 다른 위험은 없겠죠?」

「아무튼 당장은…….」

그가 떠나자 매그레는 침대 발치의 의자에 앉아서는 파이프에 담배를 다져 넣었다. 방 안에 가득한 의약품 냄새가 너무도 역겨웠던 것이다. 또한 그는 상처를 씻을 때 사용한 대야를 어디다 둬야 할지 몰라 일단 옷장 아래에 숨겨 놓았다.

그는 차분하면서도 침중했다. 그의 시선이 놓인 자자의 얼굴은 평소보다도 부석해 보였다. 그것은 어쩌면 뒤로 넘겨진 머리칼의 숱이 많지 않아, 관자놀이 위의 작은 흉터 하나로 장식된 커다란 짱구 이마를 온통 드러낸 탓인지도 몰랐다.

침대 왼쪽엔 디방이 있었다.

자자는 자고 있지 않았다. 그건 확실했다. 그녀의 호흡의 리듬이 불규칙했다. 감긴 속눈썹은 자주 떨렸다.

그녀는 무슨 생각을 하고 있을까? 그녀는 그가 옆에서 자신을 보고 있다는 걸 알고 있었다. 또 자신의 몸이 고장 났으며, 살날이 이제 얼마 남지 않았다는 사실도 알고 있었다.

그녀는 무엇을 생각하고 있을까? 이 불룩 튀어나온 짱구 이마 뒤로 어떤 이미지들이 지나가고 있을까?

갑자기 그녀가 미친 사람처럼 벌떡 몸을 일으켰다. 그러고는 넋 나간 눈동자로 매그레를 쳐다보면서 소리쳤다.

「날 버리고 가지 마요! 난 무서워! 어딨죠, 그 사람? 그 조그만 남자, 어딨죠? 난 싫어……」

진정시켜 주기 위해 다가간 그는 자신도 모르게 이렇

게 말하고 말았다.

「가만히 누워 있어요, 우리 할망구!」

그녀는 물론 할망구였다! 알코올에 찌들었고, 발목이 너무도 부어 버려 코끼리처럼 느릿느릿 걸어 다녀야 하는 가엾은 늙은 계집아이였다.

하지만 그녀는 이 다리로 걷고 또 걸었으리라! 거기, 생마르탱 문 근처, 항상 똑같은 보도 위에서![32]

그녀는 지그시 누르는 매그레의 손길에 따라 다시 머리를 베개에 내려놓았다. 이제는 더 이상 취해 있는 것 같지 않았다. 아래층, 주점 뒷방에서 순경이 술병을 하나 찾아냈는지, 혼자서 자작하는 소리가 들렸다. 그녀는 갑자기 귀를 쫑긋 세우며 불안한 음성으로 물었다.

「누구죠?」

하지만 다른 소리들도 들려왔다. 골목길에서 발걸음 소리가 들리는가 싶더니, 좀 더 멀리에서 급히 걸어오고 있어 숨이 턱까지 찬 여자 목소리가 이렇게 묻는 것도 들렸다.

「왜 바에 불빛이 없는 거죠? 그들이…….」

「쉿…… 너무 큰 소리 내지 마요.」

그리고 덧창을 살짝 두드리는 소리가 들렸다. 아래층

32 앞에서 언급한 생드니 문과 지척에 있는 곳으로 과거 이곳에는 보도에서 호객 행위를 하는 매춘부가 많았다.

의 순경이 나가서 문을 열어 주었다. 다시 가게 뒷방에서 소리가 났고, 마침내 누군가가 층계를 뛰어 올라오는 소리가 들렸다.

자자는 얼굴이 하얗게 되어 겁에 질린 눈으로 매그레를 쳐다봤다. 그가 문 쪽으로 향하는 걸 보고는 비명을 지를 뻔했을 정도였다.

「자, 두 사람은 이만 가봐도 좋소!」 반장은 실비가 들어올 수 있게끔 비켜서면서 순경들에게 말했다.

방 한가운데에 이른 실비는 갑자기 멈춰 서서는 맹렬히 뛰는 심장을 손으로 눌렀다. 모자는 어디서 잃어버렸는지 보이지 않았다. 그녀로서는 전혀 이해할 수 없는 상황이었다. 그녀는 고정된 눈동자로 침대를 응시했다.

「자자……」

아래층에서는 한 사람이 다른 사람에게 술을 따라 주었는지 잔들이 부딪히는 소리가 들렸다. 그러고는 바 문이 열리고 다시 닫혔다. 항구 쪽으로 발소리가 멀어져 갔다.

매그레는 별로 움직이지 않았고, 움직여도 살금살금 움직였기 때문에 그의 존재를 잊어버릴 정도였다.

「우리 불쌍한 자자……」

하지만 실비는 그녀에게 달려들지 않았다. 무언가가 그녀를 붙들고 있었다. 그녀를 노려보는 늙은 여자의 얼음처럼 싸늘한 시선이었다.

실비는 매그레 쪽으로 몸을 돌리고 더듬으며 물었다.

「자자가……?」

「자자가 뭘?」

「아, 아무것도 아녜요……. 나도 모르겠어요……. 그런데 이게 무슨 일이죠?」

이상한 일이었다. 문이 닫혀 있었음에도, 또 멀리 떨어져 있었음에도, 자명종의 똑딱 소리가 얼마나 빠르고 급격하게 울리는지, 그놈의 현기증에 사로잡혀 곧바로 부서져 버릴 것 같은 느낌이 들었다.

자자의 또 한 번의 신경 발작이 가까워졌다. 그것이 생겨나고, 그녀의 축 늘어진 뚱뚱한 몸에 조금씩 열기를 불어넣고, 그녀의 꺼진 눈을 다시 밝히고, 그녀의 목구멍을 메마르게 하고 있다는 게 느껴졌다. 하지만 그녀의 몸은 도리어 뻣뻣해졌다. 자신을 억제하기 위해 애를 쓰고 있었던 것이다. 그런 그녀 앞에서 실비는 어찌할 바를 모르고 있었다. 무얼 해야 할지, 어디로 가야 할지, 어떤 자세를 취해야 할지조차 모르는 채, 그저 고개를 푹 숙이고 두 손을 가슴에 모으고서 방 한가운데 우두커니 서 있을 뿐이었다.

매그레는 파이프를 피우고 있었다. 그는 더 이상 조급

해하지 않았다. 그는 자신의 수사가 끝났음을 알고 있었다.

더 이상 비밀은 없었다. 의외의 사실은 더 이상 가능하지 않았다. 이제 모든 인물은 각자의 자리에 놓였다. 젊고 늙은 두 마르티니 여인은 별장에서 프티피스 씨의 도움을 받으며 목록 작성에 열중하고 있었다. 해리 브라운은 프로방살 호텔에서 전화와 전보로 자기 사업을 이끌어 가며 차분하게 수사의 결과를 기다리고 있었다.

조제프는 감방에 갇혀 있었고…….

마침내 자자가 더 이상 참지 못하고, 팽팽해진 신경을 더 이상 견디지 못하고 벌떡 일어났다. 그녀는 맹렬한 분노에 휩싸여 실비를 노려봤다. 성한 손으로 그녀를 가리켰다.

「저년이야! ……저 가증스러운 년이야! 저 갈보 년!」

그녀는 그녀가 알고 있는 가장 심한 욕을 고래고래 쏟아 냈다. 속눈썹 사이로 눈물이 분수처럼 솟구쳤다.

「난 저년을 증오해요! 내 말 들어요? ……난 저년을 증오해! ……저년이야! 저년이 오랫동안 날 속여 온 거라고! ……저년이 날 뭐라고 불렀는지 알아요? ……할망구! 그래, 할망구라고! 나를…….」

「누워요, 자자. 그러다 몸이 더 나빠지겠소…….」 매그레가 말했다.

「오! 당신⋯⋯.」

그러다 갑자기 더욱 거센 힘으로 다시금 악을 썼다.

「난 가만히 있지 않을 거야! 난 아그노에 가지 않을 거라고! ⋯⋯내 말 들어요? 아니면 저년도 같이 가야 해⋯⋯. 난 싫어⋯⋯ 난 싫어⋯⋯.」

그녀는 목이 너무 말라 있어 본능적으로 마실 걸 찾으려 주위를 둘러봤다.

「가서 술 한 병 가져오게!」 매그레가 실비에게 말했다.

「하지만⋯⋯ 자자는 벌써⋯⋯.」

「어서!」

그리고 그는 창가로 걸어가서는, 맞은편 집에서 여기를 훔쳐보는 사람들이 없는지 확인했다. 어쨌든 유리창 뒤로는 아무것도 보이지 않았다.

포석이 울퉁불퉁하게 깔린 한 줄기 골목⋯⋯ 가로등 하나⋯⋯ 맞은편 바의 간판⋯⋯.

「난 반장님이 저년을 감싸고 있다는 걸 알아요. 왜냐면 저년은 젊으니까⋯⋯. 어쩌면 그년이 반장님에게도 갖가지 제의를 했을지 모르죠⋯⋯.」

실비가 돌아왔다. 눈가는 꺼멓게 죽었고, 몸은 지쳐 축 늘어진 그녀는 반쯤 찬 럼주 병을 매그레에게 내밀었다.

그러자 자자가 빈정거렸다.

「난 이제 어차피 뒈질 몸이니까, 마셔도 괜찮단 말이

죠? 의사가 하는 말을 다 들었어……」

하지만 이 생각을 하는 것만으로도 그녀의 속은 들끓어 올랐다. 그녀는 죽는 게 두려웠다. 그녀의 눈은 얼이 빠진 듯 흐려졌다.

그러나 그녀는 술병을 받아 들었다. 그리고 두 사람을 번갈아 쳐다보면서 걸신들린 듯 병나발을 불었다.

「곧 뒈지게 될 늙은 년! 하지만 난 싫다고! 저년이 나보다 먼저 뒈져야 해. 왜냐면 저년이……」

그녀는 생각의 끈을 놓쳐 버린 사람처럼 갑자기 말을 멈췄다. 매그레는 미동도 하지 않고 기다리기만 했다.

「저년이 불었어요? ……분명히 불었겠지. 그렇지 않았다면 저렇게 풀려날 리 없으니까……. 난 자기를 거기서 나오게 해주려고 갖은 애를 썼는데 말이야……. 알아요? 조제프가 날 앙티브에 있는 윌리엄 아들내미에게 보낸 게 아니에요. 나 혼자서 간 거예요. 무슨 말인지 알겠어요?」

물론이었다! 매그레는 모든 걸 알고 있었다! 벌써 한 시간 전부터 그는 더 이상 알아내야 할 게 없었다.

그는 디방을 슬쩍 가리켰다.

「저기서 잔 게 윌리엄이 아니죠?」

「아니에요. 그는 거기서 자지 않았어요! 그는 여기서, 내 침대에서 잤어요……! 윌리엄은 내 애인이었어요! 윌리엄은 날 보러 왔어요. 나만을 보러 왔다고요! 그런데 저년이, 내가 불쌍해서 거둬 주어 저 디방에서 지내던 년이……. 여태까지도 그걸 눈치채지 못했던 거예요?」

그녀는 이 모든 것을 탁하게 쉰 목소리로 쏟아 내고 있었다. 이제는 그녀가 말하도록 내버려 두기만 하면 되었다. 그것은 그녀의 가장 깊은 곳에서부터 올라오고 있었다. 그리고 이렇게 온전히 드러나는 것은 그녀의 가장 오래된 밑바닥이었다. 진짜 자자, 벌거벗은 그대로의 자자였다.

「내가 그를 사랑했고, 그가 나를 사랑했다는 것, 이게 바로 진실이에요! 난 무식하고 배운 게 없지만, 그건 내 잘못이 아니라는 것을 그 사람은 이해해 줬어요……. 그는 나와 있을 때 행복해했어요……. 그는 그걸 내게 말하곤 했다고요……. 이 집을 나설 때면 마음이 아프다고 했어요. 그리고 여기 도착할 때는 드디어 방학을 맞이한 초등학생 같은 기분이라고도요…….」

그녀는 흐느끼면서 말했고, 그 때문에 이상하게 일그러진 얼굴은 전등갓의 분홍색 조명을 받아 더욱 기괴하게 보였다.

특히나 한쪽 팔 전체가 깁스에 갇힌 몰골로 앉아 있으니!

「그런데 난 아무것도 알아차리지 못했어요! 내가 정말 바보였죠! 하기야 이런 일에선 누구나 바보가 되는 법이지만! 내가 저 계집애를 데려왔고, 내가 저 계집애를 붙들었어요. 왜냐면 젊은 애가 있으면 집 안 분위기가 좀 더 유쾌해질 것 같아서…….」

실비는 꼼짝도 않고 있었다.

「저년 좀 보세요! 아직도 날 비웃고 있잖아요! 저년은 항상 저랬죠. 그런데 난, 뚱뚱한 멍청이였던 나는 그게 애가 소심한 탓이라고만 생각했어요……. 그렇게 생각하니 마음이 짠했죠……. 아, 저년이 내 실내 가운을 가지고서 자기 밑천을 다 보여 주면서 그를 자극했다는 걸 생각하면!

저년은 그러고 싶었던 거예요! 저년과 저년 기둥서방 조제프 그놈이…… 아무렴! 윌리엄은 돈이 있었으니까! 그리고 저것들은…….

자, 저것들이 그 유언장을 어떻게 했죠?」

그리고 그녀는 병을 집어 들어 병나발을 부는데, 얼마나 게걸스레 마시는지 목에서 꿀꺽꿀꺽하는 소리가 들릴 정도였다. 그 틈을 타서 실비는 애원하는 듯한 눈으로 매그레를 쳐다보았다. 그녀는 제대로 서 있기조차 힘든 모양이었다. 몸이 조금씩 휘청거리는 게 보였다.

「조제프가 여기서 그걸 훔쳤어요……. 그게 언제인지는 모르겠어요. 아마 같이 술을 마신 어느 날 저녁이었겠죠……. 윌리엄은 유언장에 대해 말했고…… 그놈은 그

종이쪽지만 가져가면 아들이 비싸게 사줄 거라고 생각했겠죠.」

자자가 하는 이야기는 뻔한 내용이었기 때문에 매그레는 건성으로 듣고 있었다. 대신 그는 방과 침대와 디방을 보고 있었다.

윌리엄과 자자…….

그리고 디방 위의 실비…….

그 불쌍한 윌리엄은 비교하지 않을 수 없었으리라…….

「점심을 먹고 실비가 윌리엄에게 눈짓을 하면서 나가는 것을 봤을 때, 난 뭔가 이상하다고 느꼈죠……. 하지만 그때까지만 해도 설마 그게 사실일 거라곤 믿지 않았어요. 그런데 실비가 떠나자마자 윌리엄은 자기도 가야겠다고 말하는 거예요. 저녁이 되기 전에는 절대 떠나는 법이 없는 그 사람이 말이죠……. 난 아무 말도 안 했어요……. 그러곤 외출복을 걸쳤죠.」

여기부터가 매그레가 이미 오래전부터 재구성한 바 있는 중요한 장면이었다. 벌써 유서를 손에 넣은 조제프가 잠시 들렀다 간다. 실비는 평소보다 일찍 옷을 입었고, 그렇게 외출복 차림으로 점심을 먹은 후에 곧바로 집을 나선다…….

이들이 나누는 눈짓들을 자자는 발견한다……. 하지만 아무 말도 안 한다……. 그저 먹고 마시기만 한다……. 윌리엄이 떠나자마자 그녀는 실내복 위에 코트를 걸친다…….

바에는 아무도 남지 않는다! 집은 텅 빈다! 문은 닫혀 있다…….

한 사람 뒤에 한 사람이, 또 그 사람 뒤에 다른 사람이 뒤쫓아 달린다…….

「저년이 어디서 그를 기다린 줄 알아요? 보세주르 호텔이었어요……. 나는 거리에서 미친년처럼 왔다 갔다 했어요. 그들이 있는 방문을 두드리고 싶었어요! 그를 돌려달라고 실비에게 애원하고 싶었어요! ……거리 한 모퉁이에 칼 가게가 하나 있었어요. 그리고 그들이…… 그들이 위에 있을 때 난 칼 가게 진열창을 들여다봤죠. 뭐가 뭔지 더 이상 알 수가 없었어요……. 그저 온 곳이 아프기만 했어요. 난 가게에 들어갔어요……. 그리고 잭나이프를 하나 샀어요……. 그때 난 울고 있었던 것 같아요…….

그러고서 그들이 함께 나왔어요. 윌리엄은 완전히 변해 있었어요. 다시 젊어진 사람 같더군요……. 심지어 실비를 과자 가게에 데리고 들어가 초콜릿 한 상자를 사주더군요…….

그들은 정비소 앞에서 헤어졌어요.

거기서 난 뛰기 시작했죠……. 난 그가 앙티브에 돌아가는 길이라는 걸 알고 있었어요. 그가 지나는 길, 앙티브 시를 바로 벗어나는 곳에서 기다리고 있었어요……. 날이 어두워지기 시작하고 있었죠. 그는 나를 봤어요……. 차를 세웠죠…….」

그리고 그녀는 악을 썼던 것이다!

「자! 자! 이건 너한테 주는 거……! 이건 그년한테 주는 거!」

그녀는 털썩 다시 침대로 쓰러졌다. 몸은 새우처럼 웅크리고, 얼굴은 눈물과 땀으로 뒤범벅이 된 채로.

「난 그가 어떻게 떠났는지조차 모르겠어요……. 아마 나를 차 밖으로 밀쳐 내고 차 문을 닫아 버렸을 거예요…….

나는 도로 한가운데 혼자 서 있었고, 지나가는 버스에 치일 뻔했지요……. 칼은 어디론가 사라졌고요……. 아마 차 안에 떨어졌을 거예요…….」

매그레가 미처 생각 못 한 한 가지가 있었다. 벌써 눈이 흐릿해지고 있는 윌리엄 브라운은 그것을 어느 덤불숲에 던져 버릴 정신은 있었던 모양이다!

「그날 난 밤늦게 들어왔어요…….」

「그렇겠지…… 선술집에 들렀을 테니까.」

「깨어나 보니 내 침대더군요. 몸은 불덩이 같았고…….」

그러더니 다시금 벌떡 일어나며 소리쳤다.

「하지만 난 아그노에 안 갈 거야! 난 안 갈 거야! 모두들 날 거기에 처넣으려 하고 있지만, 그래 봤자 소용없어! ……의사가 말했잖아, 난 곧 뒈질 거라고! 그리고 저

갈보 년은⋯⋯」

이때 의자가 움직이는 소리가 났다. 실비가 자기에게
로 의자를 끌어당긴 것이다. 그러고는 그 위에 비스듬히
주저앉으면서 그대로 실신해 버렸다.

서서히, 점차적으로 이루어진, 하지만 꾸민 것은 아닌
실신이었다. 그녀의 콧구멍은 바짝 오그라들었고, 그 주
위는 누렇게 물들어 있었다. 그리고 안구는 움푹 들어가
있었다.

「꼴좋다!」 자자가 외쳤다. 「그냥 놔둬요! ⋯⋯아니, 그
러지 말고⋯⋯ 모르겠어⋯⋯. 더 이상 모르겠어⋯⋯. 어쩌
면 조제프 그놈이 모든 일을 꾸몄을 거야⋯⋯. 실비! 나
의 불쌍한 실비!」

매그레는 젊은 여인 위로 몸을 굽혔다. 그러고는 그녀
의 손과 볼을 가볍게 때렸다.

그는 자자가 다시 술병을 집어 들어 마시는 것을 보았
다. 말 그대로 쭉쭉 빨아들인 술은 급기야는 그녀를 정신
없이 콜록대게 했다.

그러고서 뚱뚱한 인형은 한숨을 내쉬고는 머리를 베개
에 파묻었다.

그때서야 반장은 실비를 안아 들고 1층으로 내려가 차
가운 물로 관자놀이를 적셔 주었다.

눈을 뜬 그녀가 내뱉은 첫마디는 이거였다.

「그렇지 않아요…….」

깊고도 완전한 절망이 드리운 얼굴.

「반장님께 말씀드리는데, 그건 사실이 아니에요…….
그렇다고 해서 내가 더 나은 년이라고 하고 싶지는 않지
만…… 그건 사실이 아니에요. 그걸 원한 건 그 사람이에
요……. 무슨 말인지 이해하시겠어요? 몇 달 전부터 그
는 정신없는 눈으로 나를 쳐다봤어요. 그는 내게 애원했
죠……. 하지만 내가 어떻게 거절할 수 있겠어요? 매일
밤 숱한 남자들과 같이 자는 내가…….」

「쉿! 조금 낮게 얘기해!」

「들어도 괜찮아요! 그리고 그녀가 좀 더 깊이 생각해보
면 내 마음을 이해할 수 있을 거예요……. 난 조제프에게
도 아무것도 얘기하고 싶지 않았어요. 왜냐면 그걸 악용
할 수 있으니까……. 난 그에게 만날 약속을 정해 줬어요.」

「단 한 번?」

「단 한 번이었어요……. 아시겠어요? 맞아요. 그는 내
게 초콜릿을 사줬어요……. 그는 너무 좋아서 정신을 차
리지 못하더군요. 내가 겁이 날 정도였죠……. 날 마치 소
녀처럼 대했어요…….」

「그게 전부인가?」

「난 몰랐어요, 자자가 그를…… 정말 맹세하는데 난 몰
랐어요! 오히려 조제프가 그런 줄 알았어요. 난 겁이 났어

요……. 그는 내게 말했어요. 내가 보세주르 호텔로 가야 한다고. 그럼 누군가가 내게 돈을 건네줄 거라고……」

그리고 좀 더 목소리를 낮추어,

「하지만 내가 어떻게 할 수 있었겠어요?」

위쪽에서 다시금 신음 소리가 들렸다. 아까와 똑같은 신음 소리였다.

「자자의 부상이 심한가요?」

매그레는 어깨를 으쓱하고는 중이층으로 올라갔다. 자자는 잠들어 있었고, 고통스러운 잠 속에서 그런 신음 소리를 내고 있었다.

다시 내려온 그는 신경이 팽팽히 곤두선 실비가 집 안에서 나는 소리들에 귀를 기울이고 있는 것을 보았다.

「그녀는 자고 있어!」 그가 속삭이듯 말했다. 「쉿!」

매그레의 행동을 이해하지 못한 실비는 다시금 파이프 속을 채워 넣는 그를 겁먹은 눈으로 쳐다봤다.

「그녀 곁에 있어 줘……. 잠이 깨면 내가 떠났다고 말하고. 영원히 말이야……」

「하지만…….」

「그녀에게 말해. 그녀가 꿈을 꾸었다고, 악몽을 꾸었을 뿐이라고……」

「하지만…… 무슨 말인지 모르겠어요. 그럼 조제프는요?」

그는 실비의 눈을 들여다보았다. 호주머니에 손을 찌르고 있던 그는 아직도 그 안에 들어 있던 스무 장의 지폐를 꺼냈다.

「그를 사랑하나?」

그러자 그녀가 대답했다.

「아시겠지만 제겐 남자가 하나 필요해요. 그렇지 않으면…….」

「그럼 윌리엄은?」

「그건 다른 문제예요……. 그는 다른 세계에 속한 사람이고, 그는…….」

매그레는 문 쪽으로 걸었다. 그리고 열쇠를 열쇠 구멍에 넣어 돌리면서 마지막으로 몸을 돌렸다.

「다시는 이 리버티 바 얘기가 들리지 않도록 처리하게. 알겠나?」

문이 열리자 바깥의 차가운 공기가 느껴졌다. 안개와도 흡사한 습기가 땅에서 올라오고 있었던 것이다.

「저는 반장님이 이런 분일 줄은…….」 실비가 어떤 말을 해야 할지 모르고 더듬거렸다. 「저는…… 자자는…… 맹세컨대 자자는 이 땅에서 제일 착한 여자예요…….」

몸을 돌린 그는 어깨를 으쓱하고는 항구 쪽으로 걷기 시작했다. 그리고 가로등보다 조금 더 간 곳에 멈춰 서서 꺼진 파이프에 불을 붙였다.

11
어떤 사랑 이야기

매그레는 꼬고 있던 다리를 풀고 상대방의 눈을 들여다보았다. 그리고 날인이 된 서류 한 장을 내밀었다.

「받아도 되겠습니까?」 해리 브라운은 그 뒤에 타자수와 비서가 있는 문 쪽으로 불안스러운 시선을 던지며 물었다.

「이건 당신 거요.」

「난 그 사람들에게 보상금을 지불할 의향이 있습니다. 일인당 10만 프랑씩…… 내 말뜻 이해하시겠습니까? 이건 돈 문제가 아닙니다. 이건 스캔들의 문제예요. 만일 그네 여자가 저쪽으로 와서…….」

「이해하오.」

창을 통해 쥐앙레팽의 해변 풍경이 보였다. 수영복 차림으로 모래사장에 누워 있는 1백여 명의 사람들, 키 크고 호리호리한 체육 강사의 지도하에 운동을 하고 있는 세 아가씨, 그리고 땅콩 바구니를 들고 이 무리에서 저 무리로 바삐 뛰어다니는 한 알제리 남자…….

「10만 프랑 정도면 괜찮겠습니까?」

「아주 좋소!」 매그레는 일어서며 대답했다.

「그런데 잔을 비우지 않으셨습니다.」

「고맙소.」

그러자 머리에 포마드를 바른 흠잡을 데 없는 차림의 해리 브라운은 잠시 머뭇거리더니 이렇게 말했다.

「저…… 반장님, 난 잠시 반장님이 적이라고 생각했었습니다……. 프랑스에서는…….」

「그래요…….」

매그레는 문으로 향했다. 해리 브라운은 그를 따라오며 지금까지보다는 자신감이 덜 느껴지는 어조로 말을 이었다.

「스캔들이 우리나라에서보다는 중요성이 덜하기 때문에…….」

「잘 계시오, 선생!」

매그레는 손도 내밀지 않은 채 고개만 까딱하고, 양모 사업이 한창인 스위트룸을 나왔다.

「프랑스에서는…… 프랑스에서는…….」 반장은 자줏빛 카펫이 깔린 층계를 내려오며 웅얼댔다.

그렇다면 프랑스에서는 뭐라고 하나? 해리 브라운과

카프 페라의 과부인지 이혼녀인지 하는 여자와의 관계는
뭐라고 부르는가?

연애?

그렇다면…… 윌리엄과 자자, 그리고 실비의 이야기는?

해변을 따라 걸어야 했던 매그레는 반벌거숭이의 몸들
곁을 지나가야 했다. 그는 컬러풀한 수영복들로 한층 돋
보이는 구릿빛 피부들 사이를 요리조리 빠지며 걸었다.

부티그는 체육 강사용 탈의실 근처에서 그를 기다리고
있었다.

「자, 어떻게 됐습니까?」

「끝났소! 윌리엄 브라운은 지갑을 훔치려던 어떤 정체
불명의 강도에게 살해된 거요.」

「하지만……」

「왜요? 시끄러운 이야기는 없어야지! 그러니까……」

「그렇긴 해도……」

「시끄러운 이야기는 없어야 한다고!」 매그레는 물결
하나 없이 잔잔하기만 한 파란 바다와 그 위를 미끄러져
가는 카누들을 바라보며 되풀이했다. 여기에 그 어떤 이
야기라도 끼어들 자리가 있더란 말인가?

「저 초록색 수영복을 입은 아가씨 보이시죠?」

「허벅지가 좀 홀쭉하구먼……」

「그런데 말이죠!」 부티그가 의기양양하게 외쳤다. 「저 아가씨가 누구인지 꿈에도 모르실걸요? 바로 모로의 딸입니다.」

「모로?」

「다이아몬드의 사나이. 재산으로 따지자면 열 손가락 안에…….」

태양은 뜨거웠다. 어두운 정장 차림의 매그레는 벌거벗은 피부들 가운데 한 점 얼룩과도 같았다. 카지노의 테라스로부터 음악 소리가 요란하게 들려왔다.

「뭣 좀 드시겠습니까?」

부티그의 옷 색깔은 밝은 회색이었고, 옷깃에는 빨간 카네이션 한 송이를 보란 듯이 꽂아 놓았다.

「말씀드렸잖아요? 여기에선…….」

「그래요…… 여기에선…….」

「어떻습니까? 이 고장이 마음에 들지 않으세요?」

그리고 그는 매우 서정적인 동작으로 눈앞에 그림 같이 펼쳐진 풍경을 쭉 가리켜 보였다. 기막히게 푸른 만, 카프 당티브 곶과 그 녹지에 아늑히 자리 잡은 밝은색의 별장들, 슈크림처럼 샛노란 카지노, 산책로를 따라 늘어선 종려나무들…….

「저기 보이는 저 뚱뚱한 남자 있죠? 조그만 줄무늬 수영복을 입고 있는 사람 말입니다. 독일에서 가장 힘 있는 신문사 사주랍니다!」

음울한 회색 눈의 매그레는 하룻밤을 꼬박 세운 마당이라 급기야는 으르렁대듯 내뱉지 않을 수 없었다.

「자, 다음은 누구요?」

「내가 만든 크림 대구 요리 맘에 들어요?」

「얼마나 맘에 드는지 당신은 상상도 못 할걸!」

리샤르르누아르 가. 매그레의 아파트. 잎사귀가 아직은 듬성듬성한 앙상한 마로니에 나무들이 보이는 창문.

「그래, 이번 사건은 어떤 이야기였수?」

「어떤 사랑 이야기! 여기에 〈이야기〉가 있어서는 안 된다는 말을 듣긴 했지만……」

그는 두 팔꿈치를 식탁에 괴고 대구 요리를 맛나게도 먹었다. 그는 입에 음식이 가득한 채로 말했다.

「오스트레일리아와 양들이 지겨워져 버린 한 사내가 있었어……」

「무슨 말인지 모르겠네요.」

「그 사내는 한바탕 신나게 놀고 싶었고, 실제로 그렇게 해버렸지!」

「그리고 나서요?」

「그리고 나서? 아무것도 안 남았어! 그가 한바탕 신나게 놀고 나니까, 그의 아내와 자식들과 처남은 돈을 끊어

버렸지.」

「별로 재미없는 얘기네요!」

「재미 하나도 없지! 내 말이 바로 그 말이었어! 어쨌든 그는 그곳, 코트다쥐르에 계속 살았어.」

「거기가 그렇게 멋지다면서요?」

「기가 막히지! 그는 별장을 하나 임대했어……. 그러다가 혼자서는 너무 외로우니까, 어디서 여자를 하나 데려왔지.」

「무슨 얘긴지 이제 감이 잡히네!」

「천만에! 자, 소스나 이리 건네줘요……. 그런데 양파가 왜 이렇게 적어?」

「파리 양파가 너무 맛이 없어서 그래요……. 그래도 1파운드나 넣었다고요. 자, 얘기 계속해 봐요…….」

「그 여자는 별장에 들어와 살았고, 자기 엄마도 불러와 같이 살았지.」

「그녀의 엄마?」

「그래……. 그런데 이런 삶에는 매력이 조금도 남지 않게 되었고, 오스트레일리아 사내는 재미를 찾아 다른 곳으로 가게 되었지.」

「정부를 얻은 건가요?」

「무슨 말이야? 정부라면 벌써 하나 있잖아! 정부의 엄마까지 있다고. 그는 한 선술집과 한 착한 늙은 여자를 찾아냈어. 그러고는 같이 술을 마셨지.」

「술을 마셔요?」

「그래요! 그들이 술을 마시면 세상이 다르게 보였지. 그들이 세상의 중심이 되었거든……. 그들은 이런 얘기, 저런 얘기 나누었지…….」

「그리고 나서요?」

「늙은 여자는 그게 왔다고 믿게 되었어.」

「뭐가 왔는데요?」

「누군가가 자기를 사랑하게 되었다고! 자기가 영혼의 짝을 찾게 되었다고! 모든 것을 찾게 되었다고!」

「그래, 그 모든 게 뭔데요?」

「뭐, 아무것도 없어. 그냥 둘이서 하나의 커플을 이룬 거지! 같은 나이의 커플…… 정기적으로 함께 술을 퍼마시는 커플…….」

「그래서 무슨 일이 있었죠?」

「여자가 보살피는 젊은 여자애가 하나 있었어……. 실비라고……. 그런데 늙은이가 실비를 좋아하게 되었지.」

매그레 부인은 남편을 흘겨보며 쏘아붙였다.

「아니, 도대체 무슨 얘기를 하는 거예요?」

「진실! 그는 실비를 좋아했는데, 실비는 원하지 않았어. 늙은 여자 때문이지……. 그러다가 그녀는 원하게 되었던 것 같아. 왜냐면 어쨌든 여기서 주인공은 오스트레일리아 사내니까.」

「대체 무슨 얘긴지 이해가 안 되네!」

「뭐, 상관없어…… 오스트레일리아 사내와 젊은 애는 호텔에서 만났지.」

「그럼 둘이서 늙은 여자 몰래 그 짓을 했단 말예요?」

「바로 그거야! 아주 잘 이해하고 있으면서 그래……. 그래서 이제 아무짝에도 쓸모없게 된 늙은 여자는 자기 애인을 죽였어……. 그런데 이 대구는 정말이지 기가 막히군!」[33]

「아직도 이해가 잘 안 되네.」

「대체 뭐가 이해가 안 되는데?」

「왜 그 늙은 여자를 체포하지 않았죠? 왜냐면 결국 그녀는……」

「아무것도 안 했지!」

「아니, 아무것도 안 했다니?」

「자, 요리 접시나 이리 건네줘요……. 내가 윗사람에게서 들은 얘기가 뭔지 알아? 〈무엇보다도, 시끄러운 이야기가 나오지 않도록〉이었어……. 다시 말해서, 큰 사건을 일으키지 말라는 얘기야. 왜냐면 오스트레일리아의 아들들, 아내, 그리고 처남은 대단한 사람들이거든……. 유언장 한 장을 아주 비싼 값으로 살 수 있는 사람들이란 말

33 프랑스어로 〈대구morue〉에는 〈창녀〉라는 뜻이 있다.

이야……」

「그 유언장 얘기는 또 뭐죠?」

「설명하자면 너무 복잡해요. 자, 간단히 말해서 이건
어떤 사랑 이야기야……. 늙은 애인이 젊은 애와 바람을
피워서 그를 죽인 어느 늙은 여자의 이야기.」

「그래서 그 여자들은 어떻게 됐죠?」

「늙은 여자는 살날이 서너 달밖에 안 남았어……. 앞으
로 술을 얼마나 마셔 대느냐에 따라 달렸지.」

「술 마시는 것에 달렸다고요?」

「그래요. 왜냐면 이건 또 술의 이야기이기도 하니까……」

「정말로 복잡하네!」

「당신이 생각하는 것보다도 훨씬 더 복잡하지! 살인
을 저지른 늙은 여자는 서너 달 후에 죽을 거야. 아니면
두 발을 나무통에 담근 채로 대여섯 달 정도 살 수도 있
겠지…….」

「나무통?」

「수종에 걸리면 어떻게 죽게 되는지 의학 사전에서 한
번 알아보라고…….」

「그럼 젊은 애는 어떻게 됐죠?」

「그녀는 한층 더 불행하지. 그 늙은 여자를 자기 엄마
처럼 사랑하니까……. 또 자기 포주 또한 사랑하고……」

「그녀의…… 포주라고? 무슨 소리를 하는 건지 도대체

이해가 안 되네. 왜 그렇게 설명을 복잡하게 해요?」

「그리고 그 포주 놈은 경마에서 2만 프랑을 잃게 되겠지!」 매그레는 먹는 걸 멈추지 않고 삭막한 이야기를 눈 하나 깜빡 않고 계속 이어 갔다.

「2만 프랑은 또 뭔데?」

「별로 중요하지 않은 문제야.」

「아이고 어지러워!」

「나도 마찬가지야……. 아니, 오히려 너무 잘 이해한다고 할 수 있지. 하지만 〈시끄러운 이야기가 없도록〉하라고 했으니까……. 그게 다야! 더 이상 얘기하지 않을 거야! 좋지 않게 끝난 어떤 불쌍한 사랑 이야기…….」

그러고는 갑자기,

「그런데 야채는 없소?」

「내가 꽃양배추 요리를 조금 만들어 보려 했었는데…….」

그러자 매그레는 그녀의 말을 돌려서 속으로 중얼거렸다.

〈자자가 사랑을 조금 만들어 보려 했었는데…….〉

『리버티 바』 연보

제목
Liberty Bar

집필일
1932년 5월

집필 장소
마르시(샤랑트마리팀)의 라 리샤르디에르 별장

초판 인쇄일
1932년 7월

초판 발행 출판사
Arthème Fayard & Cie

초판 서지 정보
판형 12×19cm, 분량 251면

초판 표지 사진
Hug Block

작품 배경

앙티브, 카프 당티브, 쥐앙레팽, 칸

참조 사항

1932년 봄, 심농은 라로셸 근처, 마르시의 전원에 위치한 조그만 성 라 리샤르디에르를 빌렸다. 거기서 아내와 하녀인 불과 함께 3년간 지내며 10여 권의 작품을 집필하는데, 그중 첫 결과물이 매그레 시리즈의 열일곱 번째 소설 『리버티 바』이다. 작품에 등장하는 술집인 〈리버티 바〉가 위치한 거리는 1932년 당시에는 하층민들의 뒷골목이었지만, 지금은 레스토랑과 상점이 즐비한 예쁜 관광 구역으로 바뀌었다.

세계 주요 출간 현황

- 미국 초판: *Liberty Bar*(Harcourt Brace & Co, 1940), *Maigret on the Riviera*(Harcourt Brace Jovanovich, 1988)
- 영국 초판: *Liberty Bar*(George Routledge & Sons, 1940)
- 이탈리아 초판: *Liberty Bar*(A. Mondadori, 1934)
- 독일 전집: *Maigret in der Liberty Bar*(Diogenes, 2008)

영화 및 TV 드라마 각색

- 「Liberty Bar」(1960), 영국, BBC, 드라마, Rupert Davies 주연
- 「Liberty Bar」(1960), 프랑스, RTF, 드라마, Jean-Marie Coldefy 감독, Louis Arbessier 주연
- 「Liberty Bar」(1979), 프랑스, Antenne 2, 드라마, Jean-Paul Sassy 감독, Jean Richard 주연
- 「Maigret et le Liberty Bar」(1997), 프랑스/벨기에 등, 드라마, Michel Favart 감독, Bruno Cremer 주연

조르주 심농 연보

1903년 출생 2월 13일 조르주 조제프 크리스티앙 심농Georges Joseph Christian Simenon이 벨기에 리에주 레오폴드 가 26번지에서 보험 회사 직원인 데지레 심농과 앙리에트 브륄 사이의 첫째로 태어남.

1906년 3세 9월 21일, 조르주의 동생 크리스티앙 출생.

1908년 5세 기독교 학교인 앵스티튀 생앙드레 데 프레르에 입학.

1914년 11세 예수회 교도들이 운영하는 생루이 중학교에 입학.

1915년 12세 생세르베 중학교로 전학해, 별 두각을 드러내지 못한 채 3년 동안 다님.

1918년 15세 아버지가 중병으로 쓰러지자 학업을 그만두고, 서점 등에서 이런저런 잡일을 하며 생계를 꾸림.

1919년 16세 벨기에 일간지 「가제트 드 리에주Gazette de Liége」에 입사. 1922년 12월까지 그곳에서 여러 가명으로 약 1천 편의 기사를 씀. 첫 콩트 중 하나인 『미지근한 과일 졸임 그릇Le Compotier tiède』을 씀.

1920년 17세 〈라 카크〉라는 술집을 드나드는 무명 예술가 및 작가

들과 교제하기 시작.

1921년 18세 화가 레진 랑숑을 만남. 심농은 그녀에게 티지Tigy라는 별명을 붙여 주고, 단 12부만 인쇄한 소책자『우스꽝스러운 사람들Les Ridicules』을 바침. 첫 소설『아르슈 다리에서Au Pont des Arches』가 조르주 심이라는 이름으로 출간. 11월 28일 아버지 데지레 심농이 44세의 나이로 사망. 심농은 즉시 자원 입대해 군 복무를 하기로 결심함.

1922년 19세 12월 파리 북역에 도착.

1923년 20세 레진 랑숑과 결혼하고 트라시 후작의 비서로 일하기 시작함.

1924년 21세 다소 가벼운 잡지들에 콩트를 쓰기 시작. 이 소설들은 장 뒤 페리, 조르주마르탱 조르주, 곰 귀, 크리스티앙 브륄, 조르주 심 같은 20여 개의 가명으로 출간됨.

1925년 22세 가을이 끝날 무렵 조제핀 바케르를 만남. 그들의 열정적인 관계는 1927년 6월까지 지속됨.

1928년 25세 선박 유람에 관심을 가지기 시작해 〈지네트〉호를 타고 프랑스의 운하와 강들을 유람함. 물길 안내인, 선원, 수문지기, 마부들의 세계에서 많은 영감을 받게 됨.

1929년 26세 주간지『데텍티브Détective』에 조르주 심이라는 가명으로 퀴즈 식의 짧은 이야기들을 실음. 〈오스트로고트〉호를 타고 유럽 북부 운하들을 둘러봄. 9월 네덜란드의 델프제일 항에서 배를 수리하는 동안 처음으로 〈매그레 반장〉이라는 인물을 구상.

1930년 27세 조르주 심이라는 가명으로 낸『작품집L'Œuvre』에 매그레 반장을 주인공으로 내세운 이른바 대중적인 소설「불안의 집 La Maison de l'inquiétude」을 실음. 여세를 몰아 쓴『수상한 라트비아인Pietr-le-Letton』을 출판인 아르템 파야르에게 보내나 아르템은 시큰둥한 반응을 보임.

1931년 28세 성공을 확신한 심농은 다른 두 편의 매그레, 『갈레 씨, 홀로 죽다*Monsieur Gallet, décédé*』와 『생폴리앵에 지다』를 쓰고, 결국 아르템 파야르에서 출간됨. 2월 20일 이 두 편의 소설이 〈인체 측정 무도회〉란 이름의 출간 기념회에서 소개되어 예상과 달리 큰 성공을 거둠. 그리하여 이해에만 무려 열한 편의 매그레가 출간됨.

1932년 29세 새 매그레 여섯 편이 출간됨. 4월 심농의 소설을 원작으로 한 첫 장편 영화, 장 르누아르의 「교차로의 밤*La Nuit du carrefour*」 개봉. 몇 주 후에는 장 타리드의 「누런 개*Le Chien jaune*」가, 그리고 1933년에는 아리 보르가 매그레 반장 역을 맡은 쥘리앵 뒤비비에의 「타인의 목*La Tête d'un homme*」이 개봉.

1933년 30세 추리 소설 컬렉션에 넣지 않을 첫 번째 작품 『운하의 집*La Maison du canal*』을 본명으로 출간. 그리고 「파리수아르 Paris-Soir」 주관으로 트로츠키와 대담을 나누는 등 여러 편의 르포를 주요 잡지에 게재. 10월 가스통 갈리마르와 출판 계약을 체결.

1934년 31세 소설과 르포를 번갈아 냄. 갈리마르는 『세입자*Le Locataire*』를, 파야르는 수사 시리즈를 마친다는 의미로 간단하게 『매그레*Maigret*』라는 제목을 붙인 열아홉 번째 매그레를 출간.

1935년 32세 세계 일주를 하며 『흑인 구역*Quartier nègre*』과 『일주 *Long cours*』(1936년 출간) 같은, 〈이국적〉 소설들을 씀.

1938년 35세 『지나가는 기차를 바라본 남자*L'Homme qui regardait passer les trains*』, 『라 수리 씨*Monsieur La Souris*』, 『항구의 마리*La Marie du port*』 등 주요 작품 여러 편이 갈리마르에서 출간.

1939년 36세 4월 19일 브뤼셀에서 티지가 첫 아들 마르크를 출산.

1940년 37세 샤랑트앵페리외르 지역 벨기에 피난민 고등 판무관으로 임명됨. 그를 진찰한 한 의사가 앞으로 2~3년밖에 살지 못할 거라는 진단을 내려, 겁을 집어먹은 그는 곧바로 첫 자전적 작품 『나는 기억한다*Je me souviens……*』를 유언 삼아 쓰기 시작함.

1942년 39세 생메스맹르비외에 정착. 『쿠데르 씨의 미망인*La Veuve Couderc*』과, 제목 그대로 매그레 반장이 돌아왔음을 알리는 단편집 『매그레 반장, 돌아오다*Maigret revient*』를 갈리마르에서 출간.

1945년 42세 나치에 부역했다는 혐의로 〈거주지 지정〉을 강요당해 사블돌론에서 지내다가 파리에 몇 달 머문 다음, 염두에 뒀던 미국행을 준비. 10월 티지, 마르크와 함께 뉴욕에 도착. 11월 캐나다 여성 드니즈 위메를 만나 첫눈에 반함. 이 첫 만남은 이듬해 초에 출간된 『맨해튼의 방 세 개*Trois chambres à Manhattan*』에 생생하게 묘사됨. 이 책을 시작으로 이후 그의 모든 작품들은 프레스 드 라 시테 출판사에서 출간됨.

1946년 43세 아내 티지, 정부 드니즈와 함께 자동차로 미국 횡단 시도. 11월 플로리다에 정착. 쥘리앵 뒤비비에가 『이르 씨의 약혼*Les Fiançailles de Monsieur Hire*』을 원작으로 영화 「패닉*Panique*」을 제작함.

1947년 44세 애리조나의 투손으로 이사. 그곳에서 『잃어버린 암말*La Jument perdue*』과 『눈은 더러웠다*La Neige était sale*』를 씀. 투마카코리에 잠시 머문 다음, 1949년 다시 투손으로 돌아감.

1948년 45세 앙드레 지드의 권고에 따라 『나는 기억한다……』의 분량을 늘려 소설화한 『혈통*Pedigree*』을 출간.

1949년 46세 제2차 세계 대전 동안 나치에 부역했다는 혐의를 벗음. 9월 29일 드니즈가 투손에서 둘째 아들 장, 일명 존을 출산.

1950년 47세 티지와 이혼하고 드니즈와 결혼. 코네티컷의 레이크빌에 5년간 정착함. 이 시절 심농은 『에버튼의 시계 수리공*L'Horloger d'Everton*』, 『매그레 반장의 권총*Le Revolver de Maigret*』을 비롯한 스물여섯 편의 소설을 써낼 정도로 왕성한 창조력을 발휘함. 토마 나르세자크가 『괴짜 심농*Le Cas Simenon*』을 출간.

1951년 48세 앙리 드쿠앵이 연출하고 장 가뱅과 다니엘 다리외가 출연한 영화 「베베 동주에 관한 진실La Vérité sur Bébé Donge」 개봉.

1952년 49세 로얄 아카데미 회원으로 임명됨으로써 프랑스와 벨기에로 금의환향.

1953년 50세 레이크빌 인근에서 드니즈가 딸 마리조르주 심농, 일명 마리조를 출산.

1955년 52세 유럽으로 완전히 돌아와 가족과 함께 처음에는 무쟁, 나중에는 칸에 거주함.

1957년 54세 가족과 함께 스위스의 보 주(州)에 있는 에샹당 성에서 살기로 결정. 장 들라누아가 장 가뱅 주연의 「매그레 반장, 덫을 놓다Maigret tend un piège」를 제작. 그는 1959년, 역시 장 가뱅이 주연을 맡은 「매그레 반장과 생피아크르 사건Maigret et l'affaire Saint-Fiacre」도 제작함.

1959년 56세 로잔에서 드니즈가 막내 피에르를 출산. 프레스 드라 시테가 심농이 쓴 몇 안 되는 에세이 중 하나인 『프랑스 여성*La Femme en France*』을 출간함.

1960년 57세 제13회 칸 영화제 심사 위원장을 맡음. 의학 소설 『곰 인형*L'Ours en peluche*』 출간.

1962년 59세 드니즈의 하녀 테레자 스뷔를랭과 연인 관계를 맺기 시작. 그녀는 서서히 그의 동반자 자리를 차지하게 됨. 장 피에르 멜빌이 심농의 동명 작품을 영화화한 「페르쇼 가의 장남L'Aîné des Ferchaux」을 제작. 장 폴 벨몽도와 샤를 바넬이 주연을 맡음.

1963년 60세 에샹당을 떠나 로잔 근처의 에팔랭주에 정착. 『비세트르의 고리*Les Anneaux de Bicêtre*』를 출간.

1966년 63세 9월 3일, 네덜란드 델프제일 항에 매그레 반장 동상이 세워짐.

1967년 64세 심농 전집(72권)이 랑콩트르 출판사에서 출간되기 시작. 1971년 영화화되기도 한 작품 『고양이*Le Chat*』 출간.

1970년 <u>67세</u> 1929년에 재혼해 조제프 앙드레 부인이 된 어머니 앙리에트 심농이 90세의 나이로 리에주에서 사망. 두 번째 자전적 작품 『내가 늙었을 때*Quand j'étais vieux*』 출간.

1972년 <u>69세</u> 마지막 본격 소설 『결백한 자들*Les Innocents*』과 마지막 매그레 『매그레와 샤를 씨*Maigret et Monsieur Charles*』를 출간. 9월 18일 평소처럼 서류 봉투에 책 제목을 쓴 후 갑자기 이 책을 쓸 수 없다는 것을 깨닫고, 즉시 소설 창작에 마침표를 찍기로 결심.

1973년 <u>70세</u> 더 이상 다른 사람 아닌 자기 자신의 입장에 서기로 결심하고, 녹음기를 장만해 자신에 대해 말하기 시작.

1974년 <u>71세</u> 에팔랭주를 떠나 로잔의 〈라 메종 로즈(장밋빛 집)〉로 이사. 『어머니께 보내는 편지*Lettre à ma mère*』 출간.

1975년 <u>72세</u> 스물한 편의 〈구술*Dictées*〉 가운데 첫 두 편, 『남다르지 않은 사내*Un homme comme un autre*』와 『발자국*Des traces de pas*』 출간.

1976년 <u>73세</u> 심농 재단을 설립한다는 조건으로 리에주 대학교에 자신이 소장한 문학 자료들을 기증.

1978년 <u>75세</u> 5월 19일 마리조가 권총으로 자살함.

1981년 <u>78세</u> 마지막 〈구술〉 네 편(『우리에게 남은 자유*Les Libertés qu'il nous reste*』, 『잠든 여인*La Femme endormie*』, 『낮과 밤*Jour et nuit*』, 『운명*Destinées*』), 그리고 그의 작품 중 가장 분량이 많은 『내밀한 회고록*Mémoires intimes*』을 출간.

1985년 <u>82세</u> 6월 24일 첫 아내 레진 랑숑 사망.

1989년 <u>86세</u> 9월 4일 월요일, 스위스 레만 호숫가, 로잔의 보 리바주 호텔에서 사망.

매그레 시리즈 17 리버티 바

옮긴이 임호경은 서울대학교 불어교육과를 졸업했다. 파리 제8대학에서 문학 박사 학위를 취득했으며, 현재 전문 번역가로 활동하고 있다. 옮긴 책으로는 스티그 라르손의 〈밀레니엄 시리즈〉, 요나스 요나손의 『창문 넘어 도망친 100세 노인』, 『셈을 할 줄 아는 까막눈이 여자』, 파울로 코엘료의 『승자는 혼자다』, 기욤 뮈소의 『7년 후』, 베르나르 베르베르의 『카산드라의 거울』, 『신』(공역), 아니 에르노의 『남자의 자리』, 조르주 심농의 『갈레 씨, 홀로 죽다』, 『누런 개』, 『센 강의 춤집에서』, 앙투안 갈랑의 『천일야화』, 로렌스 베누티의 『번역의 윤리』 등이 있다.

지은이 조르주 심농 옮긴이 임호경 발행인 홍지웅
발행처 주식회사 열린책들 주소 경기도 파주시 문발로 253 파주출판도시
대표전화 031-955-4000 팩스 031-955-4004 홈페이지 www.openbooks.co.kr
Copyright (C) 주식회사 열린책들, 2011, Printed in Korea.
ISBN 978-89-329-1517-3 03860 발행일 2011년 12월 20일 초판 1쇄
2015년 3월 20일 초판 2쇄

이 도서의 국립중앙도서관 출판시도서목록(CIP)은 e-CIP 홈페이지(http://www.nl.go.kr/ecip)와 국가자료 공동목록시스템 (http://www.nl.go.kr/kolisnet)에서 이용하실 수 있습니다.(CIP제어번호: CIP2011005256)

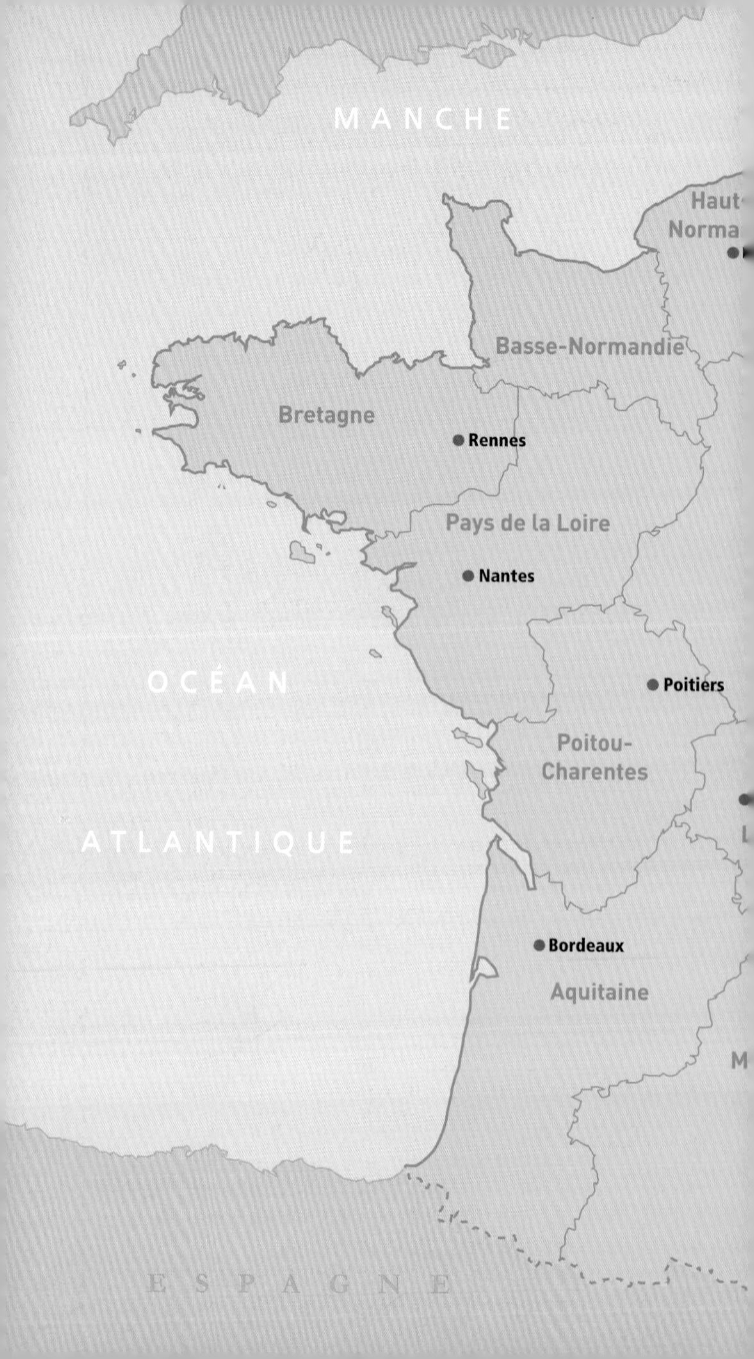
MANCHE
Basse-Normandie
Bretagne
Rennes
Pays de la Loire
Nantes
OCÉAN
ATLANTIQUE
Poitiers
Poitou-
Charentes
Bordeaux
Aquitaine
ESPAGNE